看

袁瓊瓊

序

看到「看」之外

時常胡思亂想，通常是我一個人的時候。坐在捷運上，搭公車，或只是在電影院門口等入場。周圍有很多人，但是我自己一個人。一個人的時候我總覺得世界與我無關，不必去交際寒暄，不必等待某個人，不必期待任何事發生。我只是鑲嵌在人群中，像彩色鑲嵌玻璃中的一片，我可能是綠色，或許紫色，或許明黃，看我在圖片中的哪一個部位。那種時候很微妙的會產生一種融合之感。感覺自己是美麗的，與世界一起美麗，但又是獨特的，獨特於所有人之外。

我胡思亂想的思緒其中有一項，時常會想到；就是，如若我必須喪失一種知覺，我會願意失去哪一種呢？視覺，聽覺，或是嗅覺？或味覺？

嚴格來說，在接近晚年的現在，這幾種知覺，我都或多或少在喪失中。曾經有接近十年的時間，吃什麼都覺得很難吃。不是沒有胃口。只是覺得世間食物都極難吃。但是會餓，所以仍是無知無覺的吃下去。或許環境與心境影響我的味覺，那時候過得非常不愉快。倒不致在痛苦中……或許就是在痛苦中，但是痛太久了變成麻木。總之那段期間對許多事物的感受都非常鈍，依靠這種鈍，安然的存活下去。太敏感有時是麻煩的。

小兒子嗅覺非常強，他時常突然來問我：「聞到什麼味道沒有？」我什麼都沒聞到。他會形容那味道，並且小狗一般在家裡循味道搜尋。看到他的情況，我確知我的嗅覺，近幾年，如不是喪失，至少也退化了。年輕時我應該是有嗅覺的，其證明是我寫的一些描寫氣味的文字。如果不是真正嗅聞到那些，我不可能編造出那些詭異的形容。不過目前，置身於任何環境中，我其實什麼都聞不到。我聞不到花香，也聞不到狗大便。不過我倒還記得經過麵包房，如果正好麵包出爐，便在店面附近，摻雜奶油和蜜的甜香團團裹著整家店，似某種防護罩，或者結界，有明顯的界線，一步跨出那味道便消失了，退回來便又有了。後來知道了「氣味」並不像想像中（或漫畫中畫的）是一縷煙氣，它其實是顆粒狀，會附著在物體表面。因之，我的感受或許是真實的，氣味的確有其範圍。在範圍內，氣味顆粒像編織物，或像霉菌，緊密的編織在一塊。或許不同氣味有不同形狀。團聚的氣味鑲嵌成看不見的彩色玻璃。祕密的自己美著。

我也記得在咖啡店裡，現磨咖啡豆的香氣，似有魔性般的，一種黑色的，幾乎熾熱的味道，像惡魔或天使，出現時並不準備停留，在你面前晃一下便消失了。咖啡的香氣是很奇妙的，沒有任何方式可以留住它。它出現便是為了離去。

聽覺倒還可以。雖然用插入式耳機凌虐耳膜多年，理論上它應該已經退化了。但是想聽的音樂和歌曲還是聽得見，當然要靠耳機。而在無法使用耳機的現實世界中，就總是聽見許多奇妙的聲音，有時候好像別人都沒聽見。偶爾聽見孩子們喊我，聽見我明白知道他不在我旁邊的人的聲音。或者聽見美好的，鳥叫聲，遠方傳來口哨，在百貨公司嘈雜的叫賣和音樂聲中，聽見流水般的豎琴。聲音本質是頻率，理論上，只要頻率調對，是可以聽到遠方聲音的。可以聽到眾聲中，唯一的，獨特的高音。

聲音對我很重要，「聽」似是比「看」空間更大，更富於想像。傾聽的時候會胡思亂想，想像聲音有無數顏色，人聲則想像那擁有它的喉嚨與胸腔。想像這聲音所從屬的形貌。當然這部分誤差很大。時常美好的聲音配屬的是乏味的人。我不太明白為什麼聲音往往最不像我們。我們自身的個性脾氣甚至習慣（就除非職業是播音員），從來不會顯現在聲音裡。福爾摩斯如果是瞎子，恐怕辦不了案。

因為重視聲音，因之，我總覺得，如果有個致命時刻要求我必須做選擇的話，我願意放棄的，應該是視覺。雖然想像中失去視覺有許多不方便。不過或許世界會因此而廣大。

美國盲詩人史蒂芬．庫希斯托（Stephen Kuusisto）在書裡寫過他「散步」的方式，他對於世界的辨認是靠著風，靠著空氣的溫度，氣味，靠著聲音，靠著地面的凹凸，軟硬，靠著觸撫到的事物：行道樹堅硬可靠的樹幹，路燈柱冰冷帶了腐鏽味的身體。靠著樹枝椏間葉片的低語，靠著行人足底與地面摩擦的節奏與聲響……在讀他的詩集時，我總覺得他給我們的日常事物新的詮釋。火不僅止於是明亮的，有熱度的，而水也絕非柔軟滑涼以及「薄」，或「清」，或「透明」，可以完全解說。

他的世界給我巨大的驚奇。可慶幸的是，要感受這世界，我不必真正喪失什麼，我只要關閉自己的視覺，像把窗關上，之後安靜的坐下來。

有時候看世界的方式應該是不看。或說：看到「看」之外。

目次

輯二　孤獨電視台

輯三　不在場的人

輯一

我我我

生活

有報刊採訪，需要拍照片，問說能不能來家裡拍？我正好最近準備搬家，屋子裡實在不成樣子，就說去咖啡館拍吧。對方很為難表示要拍的是「生活照」。意思似乎是：在家裡的影像會比較「生活」，或說在一個像是家的環境裡比較容易帶出被拍攝者的生活感，所以後來就去我母親家裡拍。雖然現在這個娘家，我幾乎不曾在其間生活過。我生長之地在台南。父母親把整個家搬到台北來時，我已經結婚，有了自己的家。

關於「生活照」，一般的看法大約是「非」登記照（護照和身分證上那種），或「非」藝術照（在攝影棚，有背景片和打光的那種）。「生活照」顧名思義是當事人在「生活」中的模樣。如果定義是這樣的話，說實話，泡咖啡館比較是我的「生活」，至少我在咖啡館裡待的時間比在娘家多。某些特定期間，甚至也比我待在自己居處時多。

到底是什麼時候開始養成在咖啡館裡「生活」的習慣的，說實話時間太久，已經忘了。最初也是在家裡寫作的。在自己的桌前，看著自己的窗外。但是後來就成為在咖啡館裡寫稿的人。只要有稿紙和筆，幾乎就可以處處為家。從使用紙筆到使用電腦，從一張桌子到另一張桌子。雖然時常換桌子，很少換咖啡館。有一件事我百思不解。我會固定在某幾家咖啡館遊走，我是固定客人，但是幾乎不曾在咖啡館裡看到任何其他的「固定」客人。每天到咖啡館去就好像遊歷到新的社區或國度，除了店主，「風景」全部換新。

之所以喜歡泡咖啡館，跟寫劇本有關。寫劇本比寫小說「繁重」，不但量大，通常還得在一定時間內完成。往往忙得沒時間吃東西。在咖啡館寫稿的好處是一定有吃的，有喝的。到後來就發現還有另一項福利：可以看戲。

人在公共場合，其實是眾目睽睽的，被所有人看見，聽見。然而這種看見和聽見似乎當事人並不察覺，或不在乎。每次看到媒體記者拍到了一些應當是非常私密的影像時，我總是好奇那些人在做那些舉止時到底心裡在想什麼？是完全相信自己是隱形的？還是有輕微的表演心態？我猜人人都有多少戲劇性。有些人隱性，有些人顯性。以前陪模特兒到大陸拍泳裝照時，攝影師要某個小麻豆全裸出鏡。敝人女性意識稍強些，感覺這是莫大的對於女體的剝奪和侮辱。小麻豆拍完了照之後，我簡直快哭出來了，上前安慰她，問她是什麼感覺。小麻豆挺胸昂然回答：「我覺得我很美。」

我從此就明白果然每個人腦袋的構造是不一樣的。

我時常在咖啡館裡看見並且聽見故事。都是些斷片，適可以提供想像空間。兩個人低聲親密的嘁嘁窣窣，且說且笑，都不必聽清楚談話內容，就可以猜知必是在共享什麼祕密。也看過男女面對面坐，男方一臉沉重，然而明顯的心不在焉，女方卻含淚低訴，緊要處聲量拔高又放低，臉部表情在怒與悲之間來回。這種時候我總好奇他們在談判什麼。男女關係中，每一對情侶都多少會有這樣的時刻。而在那樣短的時間中，人的面部能夠變化出那樣多複雜和深刻的表情，尤其讓我覺得人人都有做演員的潛力。

在我，「生活」和家，並不必然有關聯。我大約這一兩年才比較常待在家裡。前些年都在外地。那個容納我的生活的場景，多半是旅館和飯店。每次出門，越來越簡單，頂多兩個皮箱。到了目的地之後才開始補一些必需物品。而離開的時候，那些物件便留在原地，並不跟我走。

會這樣簡潔，是因為多次出門的經驗。知道物件是依附於環境的，把甲地的東西帶到乙地去，除了紀念價值，真正用得上的，很少。而人是這樣容易遺忘，那些帶回來的「紀念品」，過了幾年，便渾忘了那些物品是哪裡來的，是為了什麼買的。而物品如果遺失了與自身相關的記憶，便成為廢物。而且是非常煩人的廢物，已然遺忘了它的意義，卻無法遺棄它。

我個人很喜歡飯店的生活。覺得它至少有以下的優點：有人來打掃清潔鋪床疊被。無論把房間弄亂到如何地步，出門一趟回來便煥然如新。當然用個菲傭也可以做到這點。但還是飯店這種「隱性」的僕人比較好。另外，因為空間不可能太大，會節制自己不要胡亂瞎拚，不小心買了一堆東西，放都沒地方放。我這些年生活在旅館，總是驚異於一個人需要的東西可以那麼少。只要有地方吃飯，有張床睡覺，有個電腦可以上網。幾乎就可以窩在旅館房間裡天長地久。

歐美偵探小說裡主角總是住在旅館。廉價的，破爛的小旅館，綠色的牆板，起毛的，骯髒的地毯。晚上睡覺時，窗外綠的紅的霓虹燈招牌一閃一閃。醉漢在窗外大聲叫囂，把酒瓶扔到窗玻璃上。隔壁房間裡尋歡的房客撞擊床板，發出哼叫。那是充滿慾望與情感的衝擊之地。福克納說過，一個小說家最適合居住的地方是「妓院樓上」。我相信住在這種廉價小旅館也是適合寫小說的。我認識一個人，在旅館裡住了快十年。我對他的旅館生活充滿幻想，後來他邀我去他住的地方。旅館已經被他住成了家。堆了他十年間累積的一切雜物，堆著他的衣服書籍碟片CD莫名其妙的小擺設他的酒他的菸他的垃圾。我很失望。

某方面來說，我的家這兩天的情形：到處堆疊著箱子布袋，家具打包綁在一塊，床板豎起來，書架拆成一片片豎起來，櫃子空了，桌子也分拆為腿與桌面……這些組成「家」的物件，一一被分解，失去它們原來的形狀，也失去功能，的，這種狀態，其實比完全裝置好，穩妥，固定的，泊止在地板上的情形，要更生動的解說了我的生活。我好像總是有一種要打碎或重組的心理。靜止往往讓我不安。固定讓我厭煩。而這些家具因為被拆解，忽然「存在分外分明」，慣用的器具，物品，在此時，一一被審核檢驗，那些要棄哪些要留；而棄或留的標準也與新舊或昂貴廉價無關。只與記憶有關。搬家的時候，被我攜帶離去的物事，和我棄置不睬的，各自標示了我的人生段落。標示了我的依賴，和不再依賴。

計程車

天好冷。鑽進計程車時說了句好冷，結果司機搭話。他說：其實每年都是這樣。現在正是春初，原本冬春之交，天候就是陰晴不定的。「但是，」他說：「但是你注意，天氣每次冷的時候，溫度都會高一點，等到下次再冷，又會比上一次溫度高，最後就會開始熱起來。」

這司機應該是四十來歲，或許更大。我從來不知道計程車司機長什麼樣子，永遠只看到他後腦殼。對話的時候他會從後視鏡裡看你，不過也只看到兩隻眼睛，帶些許鼻梁。計程車司機是神祕的人，下了車就不知道他長什麼樣子，不，坐在車上的時候也不知道。雖然證照就豎在前座窗玻璃前，不過一般而言，很少有人長得像自己的登記照。有時甚至差距大到證照上五六十歲兩頰搭拉下來的老阿伯，變身為駕駛座上青春洋溢的春風少年兄；猜他是借車子開，或者是一輛車子兩個人輪流開，也或許是兒子代父出征，也或許……我從來不問，反正只共度數分鐘，再長也不過半小時的車程。並不想知道他的身家背景。

我跟朋友談論日本大地震。猜測今年天氣的反常，是不是就跟從去年開始的這一串天災人禍有關。司機又開口了：「錯！」他說。

他直截了當說：「錯！」雖然只是計程車司機，說話方式卻頗為霸氣，斬釘截鐵毫不遲疑。或許開車只是兼職，也或者過去是做過大老闆的。時常在主持會議的時候跟下屬說：「錯！」一字不增一字不減，就簡潔明快並且自信的說：「錯！」

他說：「其實現在的氣候，不是不正常，是變正常了。」他舉例說明過去數十年間台灣氣溫的四季差距：「過去台灣四季不分明，現在變分明了。春天就像春天，夏天就像夏天，秋天，冬天，都是秋天和冬天該有的樣子。」猜是常看電視新聞的，說起年初玉山和合歡山同時下雪，又談到日本地震，「其實日本一直有七級以上的地震，不過震源比較深，不大容易有感覺。」我們談末日說：瑪雅曆預言的世界末日是二〇一二年十二月二十一日；他又說：「錯！」世界末日其實是二〇六二年。有條有理的說明現代學者對曆法計算錯誤，正確算法，所謂的「末日」事實上還要等五十到一百年，或許要到二十二世紀才發生，而且末日也不是真的山崩地裂世界毀滅，只是曆法上一切歸零，從頭開始記數。

總之這運匠先生簡直可以去社區大學教課。聽上去非常博學廣聞而且有說服力。至於內容是不是真確，說老實話免錢的，我也沒準備拿他提供的知識去考研究所，因此在雙方不計較的狀態下，至少，乘客與司機，共享了一段似乎是有益的進修時段。至少跟朋友喝酒的時候，這話題不算太八卦。

開計程車是過渡行業，這不僅指它那種從此端到彼端的載運性質，也指從業者的心態。三百六十行中有一些行業是「不小心」被人從事的，立志要幹這一行的很少，開計程車就是其中一行。計程車司機和藝術家一樣，鮮少是「終身職」，除非已經全無退路，否則總是希望轉業，開計程車是「暫時」的，是通往光明豐饒未來的中途站。然而就像一切的中途站，也還是有人永遠沒有離開。

幾年前經濟不景氣時，許多人去開計程車。大公司的裁員對象，自己的公司倒閉，事業破產的，都去開計程車。那時候開車的真是臥虎藏龍，我還曾經坐過賓士計程車，當時計程車還沒管制，什麼顏色都有，除了車頂上的「ＴＡＸＩ」招牌，根本看不出是計程車。猜想這大約就是車主的唯一值錢家當，現在要靠著它東山再起。也坐過保養良好的計程車。司機英俊瀟灑，車上是高級音響，放爵士樂跟我聊天。自稱是上班族，下班後順便賺外快。我猜他挑客人。不然萬一接了在車上吃零食扔垃圾的客人，他的車不毀了。

不過這樣瀟灑的司機畢竟少數，尤其一律成為「小黃」之後，玩票性質的計程車幾乎絕跡了。現在的計程車就非常的「計程車」，充溢草根氣息。我們全家出門時我通常坐前座。前座就像運匠的開放式倉庫，什麼都有，寶特瓶酒瓶奶瓶，報紙雜誌不明便條紙張，塑膠袋，便當盒，洋芋片包裝袋，偶或還有毛線帽圍巾外套小孩書包……有些在座位上有些在座位下。因為上車總是分秒必爭的，所以那位運匠通常便飛快的一把「掃」掉前座上的物事讓我就座，腳旁總是有東西滾來滾去。而安全帶也是很微妙之物，有些太長有些太短，彷若某種扁平和線狀的年輪，記錄整部車的疲憊和憂傷。我從來沒有使用過合宜的安全帶。它們每天擁抱不同的腰圍，有時寬有時窄，按載客數量，每天都被拉長以及彈回十來次。那些安全帶讓我想起在萬華時常會看到的，靠壁站著，一言不發，模糊鬆弛的臉孔和身形。

有陣子常坐車，多半叫無線的。有次上車，司機跟我講：「我時常載到你。」這一聽非同小可。意念上總覺得計程車司機無面無目，從來不知道他什麼長相，心態上會覺得自己也無面無目，不可能為他所留意，發現有司機會注意自己，滿驚駭的，忽然有種人暗我明之感。在計程車上有時候完全「如入無人之境」，打電話罵人說謊，有伴的話就鬥嘴吵架說隱私八卦閒話，或者，更為目中無人的話，就在後座搞車震。果然「行萬里路」是很容易見多識廣的，雖然「風景」只在那個四輪之上的小小空間裡。

計程車是滿街跑的社會大學。我多數的社會經驗都是在計程車上得到的。從北京返台，坐計程車回台北，一路上司機便給我講述他的大陸投資經驗。有的運匠娶外籍新娘，便又會比較各國新娘之差異。有的運匠在車上傳教，有的邊開車邊替我算八字，在等紅綠燈時摸骨。有的替慈善機構募款，有的報導靈異故事。還有些會直接跟我分享他搭載名人的經驗。我猜我絕對不是第一個聽眾。

在計程車裡，至少在乘坐的那段時間裡，整個空間與時間，就似被封印，那是看似尋常，然而完全不日常的生命場域。計程車裡其實是封閉的小舞台。司機與乘客的所說所做，因為被保證下了車就忘記，因此說出來的話語，也真實也虛假，不需負責，只需要迎合或滿足當時的情緒而已。

上了車，只要對話開始，基本上就進入某種扮演。或許有治療作用。你在計程車上不需要做自己，卻可以做自己想成為的自己。

小市場人生

賣雞蛋的男人大概四十來歲，精瘦，一邊在嚼檳榔，嘴紅紅的。他滿臉笑，樂得不得了，幾乎帶點調戲神情，歪了頭問我：「真的要我挑？你相信我？」

一斤蛋三十來塊不到四十，實在牽涉不到相不相信。但是他一副有下文的神情，我就點了頭。他開始挑蛋，邊嚼檳榔，嘴邊冒出鮮紅色小沫，有點渣渣的，他說：「你這就對了！」他鼓勵的對我猛力一點頭：「我賣的蛋都是好的，我不會亂挑。你們以為自己挑會挑得好，我天天在挑，每天挑八小時，每天一千個蛋，你們比我知道哪個蛋好？」他用手輕巧的捏住蛋殼說：「我一摸就知道。」有個女人從他攤位面前經過，對他豎了一根指頭，匆匆一瞥，實在沒看清是豎的哪一根，食指？中指？也或許是無名指？他興高采烈的：「看到沒有？剛才那個，老顧客！她這樣！」他豎了食指，左右一搖，對我說：「我看見就知道，她要買一百塊，叫我裝給她。她常買，只要跟我這樣，」他又搖晃了一下食指：「我就知道她要我幫她挑蛋。」他把裝在透明塑膠袋裡的雞蛋放上去秤，告訴我：「七十八塊。」

我只要買一斤的，我沒說話。他說：「早上煎荷包蛋，中午九層塔炒蛋，晚上番茄炒蛋。一天就吃完了，還不到一百塊！」手張大著，掌向天，激烈的向前一撐。我覺得我不認這筆帳似乎不識時務，就接了蛋付了錢。他笑嘻嘻的說：「下次來，你這樣比，我幫你先挑好，你買完菜過來拿就行。」他把食指勾起來，實在不知道那表示什麼，不過我還是點頭。這賣蛋的販子是個人物。

住家附近總是有傳統市場。曾經住過市中心的新社區，大樓三十二層，但是下了電梯，隔壁小巷子裡轉進去，三繞兩繞便有傳統市場。我是不買菜不做飯的人，絕對沒有特地挑市場附近的住處，但是住的地方，附近總是有傳統市場，或大或小。猜想只是這一類的庶民菜市場，有如野草，只要有一點隙縫，原就是可以隨處生長的。

台灣的「超市」普遍化，好像是八〇年代以後。那之前，所謂的超市非常少見，主要賣日本貨，賣歐美食品的恐怕全台北市不超過三家，有一次和一位外國朋友去買香料。跑到天母。店面小小，所有貨物都是英文標誌。一九八一年在美國，想吃中國菜，跑去唐人街置辦中式食材，也就是一樣的小小店面，國內熟悉的味全花瓜，臭豆腐乳，皮蛋，鹹鴨蛋，泡麵……看了簡直要落淚。外國朋友跑台灣的歐美「超市」，可能也不止於尋找食材而已。那些在異國都市夾縫裡躲藏著，隱微的發出暗香的「家鄉的市場」，就像庶民的使館，進入了那些小店，心態上便進入了自己國家的領地。

我成長於「菜市場」的年代，不像現在許多年輕人成長於「超級市場」的年代。這是兩種完全不同的生活薰習。超級市場所有東西有固定標價，所有東西都規格化，差距不大，拿了商品到收銀台結帳，收銀員不看你你不看收銀員。

在超級市場，某種程度，客人跟貨品一樣，都被包裝所「包裝」，顧客是某種連結著菜籃推車的東西，收銀員則是身體圍著結帳櫃檯的東西。不同的超市收銀員穿不同的制服，這些人幾乎沒有臉孔，只有制服，有時是男的，有時是女的，我們顧客於他們也一樣。

在超市，不「物化」你所見的對象都很難。人人都像標籤或符號，悠閒的，或安靜的，購物。時髦的人只在時髦的超市出現，平民則在平價超市。除了門市裡播放的音樂，顧客很少出聲講話，在超市裡待久了（購物或工作），我猜語彙會退化吧，連要付多少錢都不必問，收銀員會告訴你。我們被一排一排的貨架隔開，避免彼此干擾，我們不大要看人，只看到商品。沉默的挑選日用品食品，沉默的推著推車排隊結帳，沉默的付錢或刷卡，之後沉默的拿著發票和貨品離開。對於獨身者，超市可能是孤寂到要讓人哭泣或發狂的地方吧。

然而我也曾經非常喜歡上超級市場，就因為它那種自動為我隔離了世界的效果。「如入無人之境」，買或不買都不會有店員一旁盯著你。有時站在外國食品的專櫃前看半天，研究那些自己不認識的韓文，日文，或許阿拉伯文字，那些神妙的包裝，想像它們坐著貨輪從家鄉被送到台灣的超市來，它們橫越的世界幅員超過我呢。有時甚至不知道那些食物是做什麼用的，只在看著那些異國文字的標籤，猜測那些黃色紅色黑色或綠色的稠狀液體到底會是什麼滋味。

傳統市場沒有這些。傳統市場的東西我們都知道那是什麼。全世界傳統市場好像都一樣。在旅遊頻道上看見主持人到印度到巴勒斯坦到伊朗到埃及，當地的傳統市場裡，乾貨成串吊在天花板上，店堂裡堆著張大口的麻布袋，內中滿滿盛著各色食品，紅的黃的白的，顆粒的，粉狀的，長條，細枝，塊狀……「豐饒」兩字絕對是傳統市場才能體現，超級市場就只是豐富繁雜，不像傳統市場純然的飽滿中，有不盡之意。

在傳統市場，價格是微妙的東西，完全由攤販自由心證，他可能算你便宜可能算你昂貴，我猜他自己也沒有個標準。完全憑面對顧客的當時心境。我買菜看人買而不看菜色。不是美食家，講究的食材到了我手上，反正也整不出一朵花來，所以我總是注意人勝過食物。而在傳統市場，許多小攤販，真是奇葩，極有個性。過去住景美時，有個賣熟食的小販，每次跟她買小菜，她總是讚不絕口。

她攤位上，一臉盆一臉盆裝著食物。挑了想買的菜色，她會用筷子撈出來裝塑膠袋，一邊盛菜一邊讚美：「這好吃極了，喲你看我口水都要掉下來了，跟你說，配飯配麵配饅頭……老闆娘你家裡吃麵包吧？就在便利商店買一條土司，夾著吃，告訴你，好吃得不得了！」

我只要逛到市場去，一定去看她，不管她賣什麼一定買一點，她每次台詞都不一樣。覺得她對待她的食物好像那是一群乖寶寶，她每一樣食物都愛得要命。她表現的是對於生活的熱情，怎麼能夠活得這樣有滋有味呢。我有陣子，只要心煩的時候就跑去看她，看著她的那種歡喜，興高采烈，似乎有感染作用。有人這樣熱愛身邊的一切，就像一片小陽光。

她大約不知道她振奮過我。

簡單的小幸福

日本漫畫家谷口治郎畫了本漫畫叫《孤獨的美食家》。兒子在網路上看到，就講給我聽。

那時候我剛起床，正在喝咖啡，精神介於半明半昧之間。剛起床的時候，我多半都在回憶自己做了什麼夢。因為看了占星書說：冥王星運行到十二宮的人（就是我啦），會做許多夢，有時候是預知夢。因之只要起了床就很努力的回想做了什麼夢，看自己是不是不小心預知了什麼，比如得諾貝爾或是大樂透特獎號碼。

但是都沒有。正確的說，是我總是記不起來自己做了什麼夢。明明是有夢的，在夢裡頭對自己說：一定要好好記住哇，但是醒來就整個忘掉了。只記得做過夢，很像拿了張過期的演出票券，知道曾經有過一場盛大的繁華，但是現在只剩下一個名字，一種意念。甚至無法推斷這意念是喜是悲，是嚴肅，或是荒唐。

每天起了床，總要花很長時間陷在那種若有所失的恍惚裡，因為想不起夢，有種淡淡的哀愁，疑惑自己生命的某一段落可能遺失在虛無裡，也或許什麼都沒有失去。不知道哪一件事更悲哀。沙特寫過一篇小說，講一個人總覺得自己身上會有悲劇情節發生。擔心了一輩子，直到臨終那一刻，他才明白自己生命裡最大的悲劇其實是「什麼也沒有發生」。

什麼也沒有發生，碌碌而生默默而死。在存在主義時期是莫大的悲劇，但是在現代，可能是福報。因為有電影電視，有小說，有漫畫，有狗仔隊，我們不需要真正讓自己發生什麼，觀看別人身上發生的事已經夠了。以前的賣座電影或暢銷書，內容大半是我們期望自己身上能發生的事：美麗的愛情，灰姑娘遇到王子，醜小鴨變天鵝；或者努力終於成功，以及天降好運，突發橫財，雖經歷失敗而終究東山再起。但是現在，凡是激動人心的，都是我們絕不希望自己身上發生的事。我不想搭乘鐵達尼號，也絕無意願在魔鬼終結者的世界裡成為女英雄，當然更不想擁有魔戒（就算可以統治全世界），或者進入別人的夢裡去改變什麼，更別提發現整個人世只是一套運行中的程式，而真實的自己身上接著輸送管沉睡在永恆的夢裡。

現在的世界，最大的幸福其實是「什麼也沒有發生」。每天每天，世界上發生一大堆事，都是悲劇，有真實的，也有虛構的。有人死有人傷亡，有人被背叛被家暴被欺騙被設計，所有的相聚為了別離，所有的獲得是為了失去……我們看著別人的不幸，慶幸自己不在那個命運的迴圈裡，不需要成為英雄。

所以，每天每天，在餐桌旁，一邊用咖啡因給自己「開機」，一邊半清醒不清醒的想著遺忘的夢，覺得這日子若是可以一成不變，悠長的延續下去，該是多麼幸福啊。

而為什麼會講起《孤獨的美食家》呢？忘記了。大抵只是兒子隨口跟我聊什麼，我有一搭沒一搭的回應。生活裡那些可以全然漫不經心的時刻總是很美妙，因為知道自己的疏忽，不用心，甚至錯失，都是被容許的。這應該就是家的意義，容許過失與錯誤的地方。

在兒子的敘說裡，故事男主角是個「一個人的美食家」。他並不和別人共食，只是在網路上找尋自己想吃的美食，然後存夠了錢。在特別的日子裡，懷抱著期望，去到店裡。

他會對前來招呼的侍應生說：「請給我一個人的位子。」然後被領到那單獨的，一個人的座位上。

兒子說：這牽涉到用餐的時間，如果在生意好的時候去，客人太多，可能需要併桌，那不是這位孤獨美食家希望的，所以他多半選擇較早的時間，餐廳剛開始營業，客人不太多，而服務人員和廚師都還精力十足，對於客人或食物還懷有鮮烈的熱情。

他需要一點時間打量餐廳陳設，因為進食的環境也是決定食物滋味的因素之一。他會讓自己沉浸到環境中，把腦波調整成適當的頻率。如是西餐，便想像自己在香榭大道，或普羅旺斯的鄉下，如是居酒屋，便傾聽店內的小曲，讓整個人鬆懈下來，好享用第一口清酒入喉的醇膩滋味。

食物上來的時候，他專心的吃喝，讓食物和酒水伴同氛圍一起為味蕾所吸收，化解。之後，美食家會拿出筆記本，在上面為這一家餐廳打分數。這本子是他獨有的米其林手冊。全世界唯一的一本。不發表不公開不與人分享。

用美食寫日記。真是孤獨的美食家啊。

因為對這故事發生興趣，我上線尋找，發現了谷口治郎的漫畫。然而漫畫書的內容，其實與兒子的描述大相逕庭。

書中主角是上班族「井之頭五郎」。谷口治郎的畫風精細而寫實，筆觸極乾淨。五郎多半穿著西裝，偶爾會把西裝外套脫下來，搭在手臂上。他總是站在城市的某個街頭。在漫畫開始之時，感覺到自己餓了，或者是「現在需要吃一點東西」。於是五郎便遊目四望，找尋餐廳或食堂。並不像我的兒子描述的，有特定目的地。五郎的覓食過程隨機的情況居多。有時候為了躲雨，他進入一間料理店，有時候只是路旁正好看見，也會去吃迴轉壽司。然而這漫畫的迷人處便是作者對這些平淡情節慎重的處理方式。

他仔細的描繪街道，路人，食堂裡的陳設，旁邊的其他食客。還有食物。那些食物被虔敬的描摹，精細到飯粒與麵條都一筆筆勾勒，還有食器的花紋，桌面的木頭紋路。

五郎並沒有一本自製的評鑑手冊。與其說他在吃食物，不如說在享受與周圍人與事的互動。吃迴轉壽司時來了許多歐巴桑，最初五郎覺得不快，因為歐巴桑們很吵，破壞了進食氣氛。這並不是正常的用餐時間，不知道這些女人哪裡來的，還這麼多，但是後來就發現，原來壽司店有特別優惠：限時供應鮪魚腹肉。

眼看著供應時間快截止了，五郎卻叫不到自己的鮪魚腹。他聲音太小，被淹沒在那群歐巴桑的大聲嚷嚷裡。這時隔壁座的，原先覺得她很吵的那位婦女，忽然大聲喊：「這邊的先生也要一份啦。」

於是五郎得到了他的特賣食物，並且和隔座的歐巴桑聊起來。用餐完畢，五郎點上一根菸，在煙霧裡看著這群女人離開。想到她們的家人恐怕不知道她們也會從單調家務中出逃，以壽司店的特賣鮪魚給自己創造驚喜，便微笑起來，覺得分享了某種祕密。

非常安靜的漫畫。翻看時，整個人會沉靜下來。據說在日本很暢銷。評價是：「從中可以體會到不少人生的樂趣與簡單的小幸福」。

兒子很喜歡這漫畫。然而他描述的那個孤獨美食家其實更像他自己。他也總是一個人覓食。不太喜歡交際的他，有次去看朋友，兩個人對坐了八小時，一言不發，只是聽著音樂。

我時常擔心他會孤獨一生。但是聽到他的孤獨美食家的故事，覺得他是把五郎的清淡的歡喜與滿足，投射到了自己身上。忽然覺得放心。他的貌似孤獨，內在或許有豐滿的什麼，使得他能夠看到簡單的小幸福，也能體會。

手稿

最近接連碰到幾個展出單位跟我要手稿，讓我開始疑惑自己大約多少是個人物了。否則為什麼要我的手稿呢？手稿和照片一樣，無法獨立產生重要性，必定得附屬於某個人或某個事件，如果這個人或事沒有意義，手稿或照片也就沒有意義。過去幾乎沒有人跟我要過手稿，但是現在有了，有一家還說如果同意捐贈的話，將「永久典藏」。聽上去很是隆重。

但是我沒有手稿。至少是開始用電腦寫字之後便沒有手稿了。就除非對方只是想要我的筆跡，那一類倒是很多。便條紙一大堆：「某月某日必須交某稿數千字」，或「如果再不倒垃圾，不給零用錢」，那是給小孩的留話。以及「衛生紙／牙膏／牙刷／洗髮精／洗衣粉／環保垃圾袋／咖啡／冰淇淋」，那是購物清單。毛姆說過：「如果會看，購物清單上也有許多故事。」但是拿去展覽，未免為難觀眾的想像力。而且也太普通了。

我很遺憾自己的購物清單沒有更為勁爆的東西，例如「大麻三斤，情趣內衣一打」之類之類，那樣可讀性可能會高一點，不過生活沒法編造。購物清單是最誠實的東西，列在上面的都是我們在生命中消耗的物品，是真正的生活。仔細觀看自己的購物清單，會讓人興起虛無之感。這些白紙黑字在幽幽宣告我的人生被乏味的物件所圍繞，日復一日，年復一年，永遠逃不出去。

講到「手稿」，我個人認為，照道理，作家「應該」是沒有自己的手稿的。至少我從來沒有。如果投稿被採用，「手稿」大半進了報社或雜誌社。如果沒被採用，這種「手稿」，猜想也不會有多少人有興趣。有一段時期流行用傳真發稿，我自己的習慣，如果確定稿件送過去了，「手稿」就直接扔垃圾桶。手寫的年代，尤其寫劇本，每天至少要出產十張以上稿紙，都留下來的話，那還得了。故此，我沒有手稿。並且是很多年以來，從來就沒有過「手稿」這東西。

我跟對方說我沒有手稿。他們便問能不能重新謄寫一遍。把自己的文章抄寫到稿紙上。嚴格來說，這不是手稿了，只是「手抄稿」。我以為手稿的意義，跟畫家的素描本一樣，重點在於「過程」。看知名畫家的素描本，可以看到他是如何練筆的，也可以看出他如何逐步修改構圖。對照素描本和完成的作品，更能觀察出他的取捨。手稿的意義應該也在這裡。從字句的刪改增添，看作家在寫作時是怎麼思考的。

不過，也有人投稿時是重新抄寫過的，那個琢磨的過程不在稿件上。我早期寫稿也這樣，非常講究稿件的整齊清潔。然而這種手稿依然有可觀處。林語堂談書法之美時說過：欣賞書法不是看字體的形貌，而是從筆畫中看書法家的當時心情。他說：站在整幅書帖面前，從第一筆開始，一撇一捺，或勾或曳，隨著筆勢直看到最後一筆，會彷彿跟著書家在運筆時的心態完整的走了一遭。這所以王羲之《快雪時晴帖》、《奉橘帖》和蘇軾的《寒食帖》能夠有那樣高的評價。不在於書法優美與否，而是筆畫中流動的氣韻，能在千年之下，一樣讓觀者如同身受。

手稿，即使是當時重新抄寫的手稿，也多少有這樣的力量。那是尚未面世的文章，那抄寫中有期待，有慎重，或也有多少的猶疑，你完全不知道它會成為怎樣，到底是曠世之作，還是讓人讀過即忘的，都不知道。那時的手稿，或也像所有的初生之物，含帶一切可能。

安德烈．莫洛亞的《巴爾札克傳》裡描寫過巴爾札克寫作時喜歡一改再改，往往一篇稿子會改得體無完膚，整段整段被塗掉，卻又在段落隙縫中落落長的加寫文句，寫不完的便拉線標示，牽到頁邊又寫上一大堆。二〇一一年臺灣博物館展出巴爾札克文物展，現場看到他的手稿，才真正感受到大文豪的氣魄。那真是會讓排字工人生不如死的「手稿」。他不僅改自己的原作，還會在校樣上修改，「一部書稿要修改六七次，大刀闊斧，隨心所欲地改動，直到滿意為止；有時還會要求更改出版後的內容。一部二百頁的書，校樣合計起來往往都在二千頁以上。」

巴爾札克的手稿，呈現的不但是他的才華橫逸，還有他那種不拘小節的任性。他不知道世界上有兩種東西叫做「糨糊」和「剪刀」嗎？像他那樣大幅度修改文章我也不是沒做過，不過都會非常恭謹的去剪剪貼貼，倒也不是如何體貼排字工人，實在是擔心自己在稿件上到處牽拖，讓排字工目眩神迷，以至於指鹿為馬張冠李戴……。如果是詩稿還無所謂，現代詩一直被形容為「打翻排字盤」，排錯字說不定還成了神來之筆，但是其他文類便沒有這樣便利。中國字又是怎麼連好像都會對得上……總之，我想我那時的剪剪貼貼的「手稿」，多少也顯現了我自己對人性沒有太大信心的性格。不過那是「小時候」，這些年就大剌剌了許多，知道排錯幾個字（或幾行字）死不了人的。年輕的時候總有一大堆事覺得重要得不得了，年紀大之後便理解得讓一些重要的事「不重要」，否則會活得很費力的。

總之，花了一個上午很認真的在抄寫自己的小說，一邊抄一邊很感激自己小說裡都是對話，因此可以一句就跳一行，留一大堆空白。因為邀展的單位要我提供兩頁。

我已經多年沒有認真寫字了，多半只是「塗」字，往往一點事就占一頁，字體大大小小，如果忘記筆畫怎麼寫（用電腦之後常常這樣）就發明「符號字」，或者畫圖代替。橫豎自己看得懂就行。在一開始抄寫的時候，很是疙瘩，要記住自己的書上寫的是什麼，因為是舊作，自己寫些什麼差不多全忘光了。抄一句看一句，進度十分緩慢，然而，逐漸的，記憶回來，想起了當時為什麼給角色取這些名字，而哪些描寫是真有其人其事。

我的抄寫稿讓我短暫的回到了從前。我想這手稿被展出的時候，不會有任何人能夠看出這一點：我重溫了自己的舊日，手稿上有現在的我和過去的我，同時存在。

影像與閱讀

我一向覺得影像也是「讀物」的一種。有人問我該讀那些書時，我往往會開出一大堆視聽材料出來。可能跟年紀有關，因為視力問題，「讀書」現在對我變得非常辛苦。

老花眼這件事其實不像我們以為的那樣簡單。我自己的經驗：剛起床或起床很久之後，老花眼的度數似乎會不同。早上跟晚上也有差別，坐在客廳和躺在床上時，又有差別。每次看書時，全世界找眼鏡（我有十來副眼鏡）。一副一副試戴，終於找到了合適的，可完全不保證下一次會繼續合適。

每次看書之前調燈光調位置，「試鏡」，全部程序做完，我多半就開始兩眼模糊，昏昏欲睡。因此，除非是非看不可的，或者好到讓我欲罷不能的，現在很少看書。都看影片。影片似乎很容易判斷優劣，看了五分鐘看不下去的就不用看了。不像看書，有時看了半天，因為白紙黑字，因為是「有名的」作家寫的，而且書扉頁裡又一大堆讚美推薦，每次看不下去，我總懷疑自己是不是在文人相輕，總要十分賣力的閱讀到最後一頁，之後覺得非常昏亂。腦海裡有善良天使告訴我：「大家都說這本書……太棒了……有深度……有內涵……你居然看……不……下去，你……的『我慢』……太深啦！」

善良天使話說得結結巴巴，是因為一直被邪惡天使打斷，邪惡天使因為沒什麼禮貌，所以根本就在不斷插話，給善良天使的話語中間加奇怪的標點符號，諸如：「爛！」「屁深度啦！」「做作！」「看這書是浪費時間！」「越寫越退步！」「可以直接回收了！」「根本是寫來做燃料的！」……以及許多問候作者八代祖宗的名詞。

我不知道不以寫作為職業的人看起書來有沒有這樣多的心理糾結，希望沒有，或至少跟我一樣，過了六十歲才有。否則出版業很累了。

很喜歡看影片。我原本有近視，年紀大以後因為老花和近視「中和」，居然看影片不用戴眼鏡了，我覺得是上天啟示我應該把視力花在液晶螢幕上。因為就是喜歡在腦袋裡裝一大堆有的沒的，所以看影片成為我的閱讀形式之後，幾乎也成天浸淫其中。

看影片有個和「讀書」絕對不相同的地方，無論多麼簡單的書，如果不全神貫注，往往會漏讀，或誤讀。影片不知道為什麼不會，可能因為影片基本上是有公式的，再創新的拍攝手法，也必須遵守前人的某些套路。而且一部片通常九十分鐘，再長也不超過三小時，敘述必須壓縮在這個長度中，因之廢話不多。通常不會有與情節沒關聯的人物或物品出現；如果忽然配樂停止，或相反的，配樂突然出現，多半預告了馬上有重大情節要發生。

現代人看片，尤其是看電視上播出的影片，被干擾被阻斷，被混淆了廣告或即時新聞跑馬燈以及下一段節目預告的雜訊，是常有的事。更別提有時候我們自己也「多工處理」：邊看電影邊看雜誌同時還打電話打電動織毛線摺衣服做家務順便跟旁邊的人聊天同時還要照顧廚房爐子上燉的物品並且不停轉台以同時獲得三部影片的內容……看書就絕對沒法這樣。

有時覺得或許我們看影片不光只使用視覺聽覺，肯定還動用了一些別的，超能力或潛意識之類，不然沒法解釋為什麼有些人只看五分鐘就知道全部來龍去脈。我有個神人朋友，有辦法在任何一部片的任何段落坐下來看，立刻知道整部電影要說什麼。跟他一起看電影往往跟那個電視節目一樣，變成「我猜我猜我猜猜猜」，他會先預測下一段會發生什麼，男女主角會怎樣，多數都神準。我有時候會在假日拿報紙的電影版請他預測一番，就當用耳朵和想像力看電影，省不少電影票錢。

電影因為是「濃縮」藝術，一生花一兩小時就過完，往往留許多遐想的餘地。有時候特別喜歡的片子，我會想像那些沒演出來的情節。都說文字的好處是有想像空間，但是對我，影像的想像空間更大，並且影像還特有一項文字絕對不及之處。影像的意義會因時因地變化，不像文字那樣斬釘截鐵，沒寫出來的就一定不存在。

也因為這樣，似乎對於閱讀也就越來越沒有耐心了，尤其面對冗長的敘述，會產生焦急，不知道這麼些不相干的描寫放在這裡是為什麼。還又不能「早送」，非得按部就班看下去。往往會產生所為何來之感，簡直寧願找一部改編影片來看。不過這是我自己的問題，還是希望大家不要跟我學習。

跟所有事物一樣，好與壞總是並存。有浪費樹木的書本，當然也有浪費膠卷的影片。我一直好奇：拍部影片動輒是某些小出版社兩三年的「營業額」，為什麼還有人要拍那些怎麼看都是胡說八道的片子呢？套句我神人朋友的話：「（那些錢）拿來燒還可以上金氏紀錄呢。」那些可以維持兩三家有理想有抱負的出版社的經費，某人拿來拍片，之後戲院裡小貓兩三隻，慘澹上片，慘澹下片。連出租店都看不見，就此消失在無聲無嗅之中。這種錢的浪費有意義嗎？

有。我的另一位睿智的朋友說：這些垃圾影片「主要的功能」，不是拍來給觀眾看的，而是來「供養」工作人員，讓導演副導演演員場記攝影師燈光師配樂道具工臨時演員在度小月的時候有飯吃。否則他們可能會覺得這一行不幹算了。

所以這種垃圾影片，其實比賺錢的影片「功德」更大，因為賺錢的片子通常都老闆在賺，不賺錢的，通常也都老闆在賠。工作人員雖然領錢不多，多來幾個還不知道自己在賠錢的老闆，也就活得下去了。

我覺得這種言論完全是既不懂得電影生態又不熱愛電影產業的人說的話，所以不予置評。

來日無多

前兩天跟朋友聚會，我說了「來日無多」四個字，立刻有人阻止，說別說了，聽上去毛毛的。

大約也真是不應該在這樣的場合提來日無多。一夥人聚在一塊喝小酒，大家都有點醉意，酒的好處就是讓一切的現實都不再那麼踏實。分明在座諸人歲數加起來三百歲也不止了，但是因為喝了酒，於是人人看上去似乎都朦朧（可能也跟都老花眼了有關）動人，善眉善目。可親可愛得離了譜。向來壞嘴巴月旦人物不遺餘力的某，這時把罵人的那股勁拿來誓死捍衛現場的另一位朋友，聲稱此人絕對是這個世代最偉大的藝術家，過去沒有現在沒有未來也絕對不會有，因為：「要是有人比你偉大，我去把他殺了！」

而向來脾氣好到儶賴的另一位朋友，就唱盤壞掉似的，非常虔誠及呆滯的不斷點頭同意：「是的是的。」他發呆約三秒，繼續又說：「是的，是的。」然後喝一口酒，之後，迷離的，幾乎傷感的說：「是的，是的，是的，是的……」他被自己感動了，眼眶泛紅，幾乎要滴下淚來。

我們全都被這種豪邁與傷感所觸動，空氣裡飄盪著激動和想哭的情緒。大家一起碰杯，開始給每一個人安頭銜。座上隨即有了全世界最美麗和最有韻味的女人，可以託妻的忠實朋友，聰明到讓人想殺了他的天才，和善良到不揍他會覺得對不起自己的好傢伙。那張小桌上一時光環籠罩，人人都天上少有地上無雙，成為絕世的美好存在。

這種似夢一般，彷彿可以無窮無盡，彷彿可以永續的時光；一切的語言，對話，行動，目光，呈露或未呈露的思想，都澄澈天真，被淨化被許諾了被保證了絕對的誠意和善意的，真相被朦朧了的時光，的確，「來日無多」這樣的警語是不適合出現的。

有位老友說：年紀越大，越怕聽真話。而「真」的，時常還不止於話語，還有鏡子，照相機（有人已經十年不肯拍照了），他人的目光，自己的眼睛（不把東西拿遠些什麼也看不見），自己的老骨頭（睡醒起床時全身就像凝固了一樣），記性，行動力，甚至食慾……那樣多的，內在的外在的事件和感受簡直時時刻刻在提醒我們「來日無多」，但是越提醒越不想聽，我們有點像家裡有個嘮叨老婆的男人一樣，對於歲月的叮嚀左耳進右耳出，聽而不聞，或假裝聽而不聞。

現代是流行裝小的時代，許多人三十大幾了依然天真浪漫，不管心智是不是成長，至少外表是跟青少年看齊的。而奇妙的是，一味裝小，好像真的可以變小。我有些保養極佳的女朋友，四十多歲還皮潤肉嫩，完全看不出老態。而瀕近五十，依舊面不改色的抓住青春尾巴的，也大有人在。一般都把四十歲當作「中年危機」的關口。其實跟五十歲相比，步入四十歲簡直不叫做危機。數一數檯面上那些還在顛倒眾生的影壇大哥大和大姊大，就知道四十歲是盛放之年，那朵花足足還可以燦爛個十來年。

現在回想，真懷疑百年前的老祖宗身體構造是不是跟我們不一樣。過去許多女明星自殺，據說都是因為「年華老去」的恐慌。小時候看這些美女們一個個離枝萎謝，也覺得她們很老，但是現在看資料才知道，這些怕老的美女明星，許多人都死在三十歲上下。於她們，大約「三十」是很嚴重的關口。而於現代人，三十還算小孩子，四十歲剛剛「成年」……或許跟大家晚婚晚生孩子有關。很可能是孩子讓父母「長大」，不為人父母，似乎內在就有些機制無法啟動。

但是無論婚不婚，生不生，每個人依舊會臨近那個無可迴避的歲月關口。那就是五十歲。四十來歲時身體的退化多半不太明顯，就出現了，也是一時一時，似乎只是來這個即將要完全退化的身體觀光，並沒意願要「定居」。因為那些老化現象是這樣飄忽來去，有時會覺得似乎是可以克服的，運動養身吃維他命好像都是這個階段最有效。通常會碰到有人說「你很年輕」，也多半是這個時候。

其實「你很年輕」這種話語，都是「使用」在那些根本不年輕的人身上的。

所以實在搞不懂聽到這種話有什麼好心喜的。有位達觀的老前輩，每次恭維她很年輕，她總是說：「我知道，年輕得就像七十二歲。」她今年七十三。

說實話，一個人活到五十歲，這個身體讓你用了那麼久，想要「退休」，其實也滿合理的。五十歲是身體明顯退化的開始，最讓人沮喪的是記憶力喪失。我許多朋友都受不了這一件。什麼也記不得，有時轉個身就把事情給忘記了。某次和一群老友相聚，兩小時的飯局裡，至少有一百分鐘每個人都在談自己記憶力衰退的事。老花眼可以戴老花鏡，聽不清楚也有助聽器，真要受不了自己的贅肉和皺紋，也可以抽脂拉皮，唯獨對記憶力衰退毫無辦法。忘記了就是忘記了。而且我們雖則會忘記一切，卻從來不會忘記自己「又忘記了」。

這樣鐵錚錚的事實，逼人不得不承認及面對：我們確實在某種喪失中，而失去的，因為來日無多，似乎永遠不可能彌補。

任何事都有一體兩面。喪失的另一面，其實是省略。年老之後，所有的退化，都集中在肉身上，聽不清楚，正好放棄聽那些無關緊要的，看不清楚，就正好可以排除去看那些不重要的。任何事都會忘記，正好可以擺脫那些多年丟不下的貪嗔癡的怨念。某方面來說，是身體的退化將我們迫入了放棄和遺忘之地，而這豈不是一種揀擇嗎？因為必須放棄，反而清楚了真正無法放棄的是什麼，終於可以清靜以及素樸。

年紀大之後，身體開始非常敏銳。這可能是因為體能減退，不再有能力去「抵抗」外界所給予的刺激。自己好像變成另一個人，過去能吃的能喝的，這下都不行了，因為一切的反應都變得劇烈以及莫測。如果把這狀態當作是衰敗，那就很難接受。但是，換一個角度想，嬰兒不也是這樣嗎？嬰兒對於外界的一切也是不習慣並且反應劇烈的。嬰兒長大成人，開始粗礪鈍感，或許那是在人世裡打拚需要的，但也就喪失了知覺微細感受的能力。

年紀大了，一切都變的「特別」。「特別」容易冷，「特別」容易熱，腸胃也敏感，皮膚也敏感，就像在晚年時，忽然被汰換了一具新的身體。我們重新經歷了一切的感官與知覺，如初生嬰兒。老年人的「老小老小」，其實也是一種返祖狀態。來日無多之時，大自然要我們在內在與外在都回歸嬰兒的感受，回歸為赤子。這或許才是這一切「省略」發生的真正理由。

食生活

新認識一個朋友，他不吃東西。

他只喝水，白開水。偶爾吃一點巧克力，或者嗑點瓜子。用巧克力補充糖分，用瓜子補充鹽分。據他說他這樣子已經很久了。從他得癌症開始。大概也四五年了。在沒生病之前，他和一般人一樣。後來為了「餓死」癌細胞，開始不吃東西，久而久之便不想吃了。而且癌細胞也真的被他餓死了

因為新認識的，實在也不知道他說真說假，不過外觀看來，好像也很健康。

人精瘦，兩眼炯炯有神，頭髮有些花白，不過他年紀不輕，有些白髮也是正常現象。聊了一晚上，他就只喝水。他喝水的狀態也驚人，不停的喝。隨身帶著一瓶一千C.C.的飲料水，不一會就喝完了，於是就請店裡老闆娘補水。桌上堆滿吃的，不過他真的沒吃什麼。就只不停的喝水。

同桌的朋友說笑話，說他這樣省伙食費，可以存不少錢。我倒是很好奇，什麼東西也不吃，不覺得損失了人生一大樂趣嗎？

他回說習慣了。見到食物也沒什麼慾望。之後說：不吃東西省很多事你們想過沒有？

這我相信。我大約二十年前就不下廚了。三餐都在外頭打發。每到用餐時間就煩，不知道要吃什麼。尤其是全家人一起出去吃，眾口紛紜，獨獨協調出大家都甘願的餐廳就得花半小時。

我其實不討厭下廚。我覺得料理飲食是全世界最有成就感的事，如果做出來的東西有人吃的話。不過，我這種本事早在開始變成「寫稿人」之後便逐漸喪失了。現在小孩們偶爾還會跟我談「天寶舊事」，關於我從前在他們過生日時烤生日蛋糕云云。我完全不記得。「據說」我不但會烤蛋糕，還會做布丁。還會包饅頭包子烙蔥油餅。端午節還包粽子……簡單說，就是現在得花錢才吃得到的東西，在我沒寫稿之前，都是自家製作的。

那時候居然給孩子們留下這許多美好回憶，可能跟我的技術好壞沒關係，跟他們年紀小，沒吃過多少好東西有關。我只知道，最近幾年，我連出門買菜，小孩都會竭力攔阻。因為買了菜就表示我要做飯，而吃我做的飯，已經成為對兒女孝心的絕大考驗。不吃很為難，好像居心漠視我花的工夫。吃了更為難，就怕我一高興，什麼時候再來一遍。據說我現在的廚藝唯一的優點就是可以減肥，吃過我一頓之後，大家都會忽然對吃飯喪失興趣。功效至少維持三天。缺點是三天之後，食慾會猛爆性反撲，於是吃得更多。當然不是吃我做的。

總之，食生活一直是我們家很嚴重的問題。每次站在十字街頭，不知道要往那個方向走的時候，就很希望太空食物趕快發明，到時候膠囊往嘴裡一扔就可以解決。這絕對不表示我們不懂得欣賞美食。不過吃飯這件事，每天得吃，認真的話還得吃三頓，每一天，隔六小時就要做一次選擇題，實在是沉重的考驗。

可怕的不是吃飯，是選擇。而且長年在外頭吃，美味實在不太多。所謂「美味」，其實沒有標準可循，每個人有自己獨特的喜好，你的美味未必是我的美味。時常看到報導上哪些餐廳好吃，全家殺過去吃，之後便發現是「一星級」。這是我們自己家的「米其林」評價。「一星」代表一生吃一次就夠了。「兩星」的表示還可以再來吃第二次。到目前，榮獲我們家三星的，台北市還沒幾家呢。遇到了「三星」餐廳，全家都很珍惜，一定不要常去，至少也要等已經完全忘記了這一家食物的滋味再去，否則連著吃一陣子，很容易吃倒胃口。

不知道為什麼，再是知名的餐廳，也一樣禁不起常吃。會膩。可是家常菜就吃不膩。小時候沒有「外食」這種事，母親是三餐下廚，除非吃喜酒，否則不可能到餐廳吃。現在想來，也就是極簡單的菜色，沒什麼變化，卻是經年吃不膩。

據說五覺中嗅覺的記憶力最強。一種讓人找回記憶的方式便是讓那個人置身在同樣的氣味中。那勾引人回到往昔的氣味，似乎並非抽象或無形之物，反是可以述說，形容，分析，抽絲剝繭的東西。

對食物的記憶，絕對跟嗅覺有關。忽然聞到了什麼氣味，便想起某一種吃食了。由嗅覺帶引，口腔的味覺開始反應。腦袋裡的記憶也開始反應。氣味總是連帶著某種心情某些記憶。有時候一些東西吃起來不如回憶裡好吃，或許不是因為東西變了，而只是因為這樣食物裡沒有回憶了。

我很愛吃吳郭魚。吳郭魚其實賤到極點，市場上三四十塊就可以買一條。但這是小時常吃的，飯桌上幾乎每天都有。從前年代，雞鴨肉很珍貴，多半要年節或大日子才吃得上，最常吃的就是魚。吳郭魚。後來經濟寬裕些，母親特別喜歡買黃魚或鯽魚。蔥燒鯽魚或糖醋黃魚上桌，總要說明這兩種魚很貴的，但是我從來不覺得它們的滋味勝過吳郭魚。母親老家是魚米之鄉，小時候常吃鯽魚和黃魚。那是母親記憶的滋味，不是我的。

念中學的時候，大約發育期，胃口奇大，一天到晚餓。學校裡福利社有米粉羹供應，幾乎每天都要去吃。有一次，上課中，老師派我去辦公室拿點什麼東西。我跑過操場，看見福利社老闆的女兒提著一大桶米粉羹正往餐廳走。她沒注意我。大約走累了，停下來休息。這時候她做了件我一生難忘的事，她撿起地上一根樹枝，直接伸進裝了羹的桶裡攪起來。

當時看見，只覺得：那不是把泥沙都攪進羹裡去了嗎？米粉羹是勾芡食物，如果沾了沙，不可能沉底的。因為看見了，就決定這一天一定不要去吃米粉羹了，或許一輩子不吃了。實在看不出她有什麼必要拿地上的樹枝來攪動食物。覺得她很不尊重食物，也不尊重我們這些學生的腸胃。

但是決定歸決定，等到肚子又餓了，加上同學吆喝，就還是跑去吃了。也沒吃出病來。雖則在吃的時候有些疑心，看見碗裡凝布在羹湯中的細細小黑粒，但說實話也不好斷定那就是泥沙。

那女孩跟我們一樣大。我們在上學，她在幫忙父母照顧生意，那個動作，必然是有些許惡意的。只不知那惡意是針對不讓她念書的父母，還是我們這些並沒有失學的孩子。

或許每天，她提著裝了羹麵的食料桶到餐廳時，只要確定無人看見，這個儀式都會被祕密的演練一次。那是她抗議人生的方式。在我們還完全無知於人生疾苦的時候，透過吃下那些星星點點的細沙，我們分攤了她的憤怒不滿，也或許還分攤了欣羨和嫉妒。

吃糖

朋友的小孩不准吃糖。我不知道這件事。那天去她家裡，我帶了一些巧克力。主人去沖咖啡，我就在茶几上把巧克力開了盒。想說可以配咖啡，當點心吃。是手工製作的巧克力，一顆顆只有拇指大，有各種形狀各式圖樣。

朋友去煮咖啡。那孩子三四歲，看上去似懂事不懂事。就瞪大眼看著盒子裡那些漂亮的糖。深褐色的底，上頭用細細的金絲澆出圖案，美得不像是糖了。

我叫他拿一顆，他挑半天，挑了一顆看上去像鈕釦的，扁圓形，圍了一圈白邊。這時他母親正好走過來，看到小孩手上拿的東西，喊他名字，大聲叫：「不許吃糖！」說時遲那時快，小傢伙馬上把糖往嘴裡一塞。朋友氣呼呼的衝過來，原本大概要從兒子嘴裡奪糖的，一看這小傢伙的表情，忍不住笑了。

他一輩子沒吃過糖，大約從來沒想像過這樣的滋味。巧克力入口便逐漸溶開，那孩子臉上，先是大為驚奇，之後似乎疑惑，隨即飛快的確定了那是美味，於是喜不自勝的，帶著閃爍的，祕密的表情，垂著眼，腮幫子鼓鼓，含著那神妙的滋味，既不願吐出來，也不捨得吞下去。我還從來沒看過一個這樣小的孩子臉上會出現那樣複雜和深刻的表情，簡直七情畢現。

朋友跟我埋怨：你看你，讓我兒子破戒了。

她不准小孩吃糖，純粹就只是認為糖不好。兩夫妻都極度重視養生，只吃生機產品。小孩子從小就跟著一起吃糙米，五穀雜糧，食物多半吃原味，幾乎不用油鹽調味。這種食生活，顯然對健康有利，兩夫妻身體都很好，孩子也一樣，幾乎不生什麼病。這種飲食，普通人大概得花一段長時間去適應，不過這孩子從小就這樣吃的，他很習慣，他也不知道有別的滋味。雖然可以想見他上小學之後，一定會開始接觸「一般人」的食物，吃糖（或吃鹹，或吃油脂）是遲早的事，但是，現在，我卻讓他那純粹的原味生活提早結束了。

我不知道這小孩往後的生活要怎麼過。也或許還是跟從前一樣，吃那些無鹽無糖滋味天然的飲食，時日久了之後，就忘記了糖。也或許始終記著，但是因為永遠不可能重複那個經驗，於是就變成神話。一生裡，再也無法有任何一顆糖勝過那第一顆糖。無法有任何一種甜，能類似那最初的甜。

想得太多，吃這顆糖就成了悲劇，就不甜了。

最近常吃巧克力，是因為某個朋友說巧克力補腦。據他說文思枯澀的時候來上一點巧克力，馬上就可以激活腦細胞。許多人邊抽菸邊寫稿，或者邊喝酒邊寫稿。我則是一顆又一顆塞巧克力。好像還真有點效。我其實不大喜歡甜食，不過巧克力好像不是純粹的甜，有些帶點微酸，有的澀苦。因為有這樣多重滋味，似乎每一顆巧克力都和另一顆不盡相似。比其他的糖果要有深度的多。

平時最常吃的是叫「明治」的牌子。一買一大把，放在冰箱裡凍得脆硬，才拿出來吃。含到嘴裡，最初是有稜有角的，用力一咬，可以聽到口腔裡「喀」一聲，感覺自己簡直是金口玉牙。但是沒幾時它就漸漸軟化了，溶解在口腔裡汪汪的，像某種淚液。因為還微微有一些鹹味的。於是就莫名的有一點點悲傷感，想起了一些悲傷的事。

我念中學時，隔壁班有個女孩子，非常漂亮。我們那年代，女孩子大半很素淨，頭髮剪到耳上，還一定要夾起來，不然就是「蓬頭散髮」，教官要把人帶到教官室去幫你剪免費的。

裙子也老長。那時候都是百褶裙，一紮腰，就鼓鼓的，像沒收好的傘，前凸後也凸的垂落下來。裙子標準長度是恰恰在小腿肚上。沒有比這種長度更能糟蹋美色了。再有一雙修長勻稱的腿，裙子遮到了小腿肚，襪子又直拉到腳踝上，中間那一截腿只剩十五公分，每個人都變成短腿。

愛漂亮的人會千方百計把裙子修短，修到膝下三公分，露出整個小腿。風險很大，因為教官抓到了又會免費幫你剪裙子。我們那時候教官跟理髮匠一樣，一把剪刀走天下，不過愛美的人還是樂此不疲。

她也一樣。裙子短短，走起路來一跳一跳，像帶彈簧似的，不知有多開心。

她生一對小酒窩，說話或發笑時就露出來。

校園裡種了一大堆向日葵。向日葵是獨個的花，要單個看才美。滿校園裡都是，整體就只得「悲慘」兩字。白天，大顆大顆花朵在夾擠的枝幹與大葉片間拚力要探出頭來。太陽下山之後，花朵就跟葉片一起垂下來，疲憊而骯髒，像在庫房裡堆放許久的塑膠品。

我外掃區在這一帶，每次去清掃都看見她從向日葵裡鑽出來。臉紅紅的，見到人先笑。後來就熟了。她說她去剝向日葵的種子，跟我說：這可以吃的。從口袋裡掏出一把生生的葵花子來讓我看。

後來有兩天她沒來學校。再出現的時候，戴一頂黑帽子。毛線織的。無論在室外或室內都戴著。同學裡傳言說她跟家裡吵架，不知道是她母親還是她父親，也或許是她自己，把頭髮全剪了變成禿頭。

她只上了兩個禮拜就再也沒來學校。後來聽說她結婚了。

我們那時候十六歲。我不知道十六歲的人可以結婚。我都還覺得自己是孩子。在家裡甚至連幾點鐘上床睡覺都沒有決定權。然而她竟然結婚了。那好像是一個忽然變成大人的方式。因為結婚，而從此可以對自己的一切作主。

我可能是抱著刺激或是羨慕的心情去看她結婚這件事吧。另外，當然，我以為結婚跟愛情有關，她才十六歲，可是已經有了愛她和她愛的人，並且成為可以自主的大人。

隔壁班捐了錢當禮金，我因為認識她，就跟著一起去送禮金。

新房很小，就兩間，牆壁刷得粉白。她穿了一件大紅色緞子旗袍，上頭有隱隱的提花。一頭黑髮梳成高高的包頭。因為太黑了，也太僵硬了，一看就是假髮。她化了很濃的妝。完全不像十六歲。眼線黑黑的，戴著假睫毛，紅唇。本來非常秀麗的臉，完全被濃妝掩蓋。假睫毛搧啊搧的，幾乎遮住全部瞳眸。

她叫她丈夫「吳先生」。她介紹我們，乾燥的，單調的，語氣平平：「吳先生，這是我同學。」她念出我們的名字，然後說：「這是吳先生。」

吳先生，以我當時十六歲的印象，覺得他非常老，幾乎跟我父親和叔叔伯伯們一樣年紀。他對我們微笑。兩個人坐得遠遠的。她像個假人，這個「結婚」像是某種扮演。而她垂眼坐著，像似在某種醒不過來的夢中。

吳先生偏過頭去輕聲跟她說話。他脖子上垂掛鬆脫的皮，在他扭頭時拉扯出紋路。她於是站起來，捧起桌上的托盤，裡頭滿滿的花花綠綠各色糖果。她走到我們面前，一個人又一個人的，慢慢的，輕聲，短暫，聲音異常含糊，對每個人，重複了又重複，說：「吃糖。」

我忘了我有沒有吃糖。

她的糖，必定便像此時在我口腔裡溶化的，那汪汪的一攤，什麼。

高樓

我去算命。算命師很年輕，看上去不到三十，戴金絲邊眼鏡，留長髮，油光水滑的梳到腦後去。穿唐裝。他那外貌很難讓人信服他的功力，但是價錢可以。他很貴。我朋友說他神準，她每年都找他算。又說他是「現代」算法，跟其他算命師不一樣。我那陣子狀況不好，到處算命聽到的說法都差不多，很想聽點不一樣的。很好奇這位懂得「現代」算法的算命師，會不會忽然給了我推翻那些「古典」算法的命理師給的答案。

倒也沒到「一命難求」的程度。打電話掛號，隨即便排上了。去的時候發現前面兩個正在算。等他們算完，我就進去了。

朋友跟他似是很熟，立即小小簡報一下我是幹什麼的。把我的背景我的遭遇我的心情……就是那些命理師應該自己從我的生辰八字裡看出來的資料全說出來了。我還沒開始算，已經覺得虧本，所以等「老師」（現在流行叫命理師「老師」）開口的時候，我就決定採取不合作主義，絕不透露任何訊息，而且要面無表情，不要讓他知道他算得準還是不準。

不過這老師還真能人也。果然不是普通算法。他先看我姓名，出生年月日，自己在一張白紙上嘩嘩嘩寫字，在字上頭用紅筆和藍筆拉線，果然十分「現代」，連我這算命老手都摸不清他用的是哪一門算法。如是演練數分鐘後，他說：「你住的地方太高。」

這一說，敝人馬上就「咦」出聲來，「不合作主義」立即破功，馬上問：「你怎麼知道？」

我喜歡住高樓。越高越好。還有老公的時候沒辦法，得適應對方可以接受的高度。後來從婚姻裡出逃，自己找房子，就住到了大廈頂樓。為什麼喜歡往高處去呢？實在不知道。總之就是喜歡高處，連坐百貨公司電梯，不管真正要去的是哪裡，每次都會一口氣直坐到頂層。尤其喜歡那種全透明的，掛在大樓外層的。電梯上升的時候，腳底下景物逐漸縮小，面前一無阻隔，整個世界在面前，而自己正在飛升……坐透明電梯是最接近飛翔的經驗。人在電梯裡，逐步凌頂，看著世界漸漸小去，猜想老鷹在飛翔的時候，眼中的世界就是這樣吧。

我總覺得高處自由。住得越高越自由。在高樓上，從窗口望出去，除了別的高樓，什麼也看不見。某種程度那是無人地帶，住一般高度的樓層，多少要防著外界的人，不想被窺看就得拉窗簾，音樂放太大聲怕吵到鄰居。但是住高樓上，似乎就不會被窺看也不會吵到鄰居了。雖然理論上，所有的高樓依然有樓下鄰居，甚至高樓旁邊也有高樓，但是奇怪的是，你就是覺得不會干擾到別人，也不會被別人干擾。那或許是住在高樓上的人彼此之間的默契，只要上到了數十層上，便任由每個人成為遺世獨立的個體，像《小王子》裡的描述，住在各自的小小星球上，擁有自己的小宇宙。

我一直住高樓。最高的住過三十二樓，那是在香港寫劇本的時候。到了這種高度，思想都會變得不一樣。每天從窗外看出去，一片雲霧茫茫，完全沒有現實感。你不覺得那是香港，事實上不覺得那在地球上。傍晚風起，整棟樓會咯噔咯噔搖晃，搖得還十分劇烈呢。但是我信任它是不會倒的，就安然享受這種搖籃曲。如果確定不會死也不會傷，沒有比地震來的時候更有趣的了。住高樓上，幾乎每天都可以享受這種小地震。整個房子隨風飄搖，俯在窗口上可以感覺那晃動。我總是驚奇，居然鋼骨水泥可以柔軟成這樣。

高樓上特別安靜，可能高處空間有吸音的作用，總之，我住高樓上通常聽不到雜音。窗外就是馬路，可是這樣高，看不見人，只看到車輛。那些火柴盒似的車輛，非常緩慢，安靜無聲。好像另一個世界，會有一種自己在天上的感覺。呆呆注視著滾滾紅塵，一切都那樣安靜，緩慢，漸漸的自己會發起呆來，看著空氣可以看很久。腦袋一片空白，而心跟著寧靜下來。我可以體會修行者要到高山上築茅廬的心情，不止於高處更接近天堂，重要的是高處能夠遠離塵囂。

一直到找這位「現代」命理師算命之前，我找房子都是越高越好，但是這位「老師」居然說：「你不能住高樓。」他說我運氣不好都是因為住得太高的緣故。我回想我這陣子的確都住得太高，也的確運氣不好。於是算完了命，馬上搬家。自然，住的不是高樓。

這位命理師說的其餘事項，事後證明完全不準。這個不宜住高樓的「指示」也不準。我後來想，他鐵口直斷我不該住高樓，大約是從我名字那個「瓊」字推衍出來的。「瓊樓玉宇，高處不勝寒」一句，凡識字的應該都耳熟能詳。總之，我在七樓公寓的三樓住了七年。運勢一塌糊塗，全家雞飛狗跳。想是住得離塵世太近，樓下鄰居總是來敲門，嫌我們晚上太吵。樓上公寓漏水，漏到樓下去，樓下又來吵。而且公寓外正是馬路，一到夜晚就有人飆車，排氣管轟隆作響。比較有趣的是會有人喝醉了在路上吵架，前因後果字字分明。聽一段罵架，兩個人一生情史都可以猜出來。

我這幾年來一直住「非高樓」。近日搬新家，終於又回到了高處。我臥房裡一扇大窗，躺在床上就可以隔窗外望，要樓層太低，恐怕得設法遮人耳目，幸而是高樓，就連晚上就寢時都可以不拉窗簾，整座大窗上星光點點，有紅有綠……

那是路燈和交通號誌給我製造的「地面上的星光」。

最近看到一篇報導：瑞士伯爾尼大學（Bern University）在二〇一三年發表一項研究報告，說住在高樓的人，壽命比較長。原因之一是住高樓上比較不易受到空氣和噪音的汙染。住在高樓上，僅這一點就該值回「房」價吧。

我我我

張愛玲文章裡曾經引用別人的說法，稱那種通篇我我我的文章叫做肚臍眼文學。「肚臍眼」，尤其女性的肚臍眼，公諸於世，成為和五官一樣尋常的，極容易看見的部位，是張愛玲這篇文字出現五十年之後的事。在古早古早以前，肚臍眼的私密性跟性器官有得比：唯一被注目的時刻是出生讓產婆或醫生剪斷臍帶之時，然後，便幾乎永久不見天日。

古代春宮畫卷裡那些讓人春情大動的裸身男女，有巨大明顯甚至變形的性器官，但全都沒有肚臍眼，一來是古人大概不覺得肚臍眼有多美，二來就不能不以為是「我們」對肚臍眼的觀察太少。這「我們」不但指畫師，也泛指一般人。我們不但極少觀察別人的肚臍眼，也甚少觀察自己的。肚臍眼是個比腳底還更容易被忽略被「看不見」的部位，結果被作為談「我」的文章的代表詞，實在奇妙。因為「我」這玩意，通常只會過大從來不會過小。某些貌似「過小」的自我，往往是「過大」的變形，或被壓抑。總之，每一個我都是完整的光與影的集合，如果不具現在「光」裡，便會躲藏到「影」裡。人是複雜的動物，有時候我們用極度的不關心來關心自己，來表彰自己的存在。

例如我。學會正視自己大約也是近五年的事。過去對於我之為我，總是感到不習慣。這狀態甚至強烈到說自己的名字都會有怪異的生澀感。強烈的覺得那名字不代表我，就像不合身的衣服。然而我竟沒有筆名，為什麼呢？或許是因為沒有任何名字是讓我覺得適合我的。總覺得名字與我，相隔遙遠。那個名字被呼喚的時候，「我不在那兒。」

借用這名字在這個世界行走已逾六十年，一直在花時間習慣它，告訴自己這就是我，我就是這個名字。凡是公開場合，我總是先報名：「我是某某某。」藉由那個聲「名」的動作，把自己拉回這個名字所屬或被認定的範圍內。有一次參加文藝集會，一屋子人，某文友走到一文壇大老面前，直截颯爽的說：「某老師，我是某某某。」她說起自己名字的那種自信與自然，朗朗大器，使我覺得她與她的名字結合得天衣無縫，絕對不像我和我的名字之間有許多隙縫。

我的名字或許不是我的，雖然我在使用它。並不是不喜歡，但是總覺得有哪裡不太對，不是名字就是我。我不太知道別人有沒有這個感覺。日本的妖怪傳說中有所謂「真名」，如果喚出了真名，那個妖就可以為你所驅策。過去美洲印地安人給孩子取名要問巫師，只有巫者才知道這個人該用哪個名字立於天地間。我的朋友翔翎翻譯過一本書叫《靈魂出體》，說靈魂出體時有一根銀色繫帶讓肉體和靈魂相連。我覺得我的名字和我之間也有銀色繫帶，在身體之外，似乎是把我繫在人世的東西，而那個「真我」，則常時飄浮在半空中。

人逃不了自己的肚臍眼，通篇我我我的文字可能是可敬佩的，因為作者那樣順暢的在表達自己。我們事實上也不可能避開「我」，會發之於外的，無論說話，行為，思想，都是從「我」出發的。所謂的「客觀」其實是通過比較而來，我們看待世界只有一種方式，就是從自己出發的「主觀」。「客觀」只是許多相似的「主觀」的集合。

我們很難看到「我」的意識之外的實相。女兒跑去算前世今生，回來說「好準好準」。前世沒法印證，真不知道準從何來，就問她為什麼覺得準，她說因為通靈者說出了一些事情很準確。那些準確的事包括她身邊人的性格、從事的職業。

關於我，她的母親；通靈者告訴她，看到我坐著，一直盯著「什麼」在看。女兒解讀這個「什麼」是電腦。我的確是一天到晚坐在電腦前的。可是不是大多數人都這樣嗎，現在全世界的人面前都有東西讓他們盯著看，有時是電視有時是電腦，有時手機或平版電腦。我覺得這是籠統性的說法，不足為信。但是說到我的性格時，我立刻「跑題」了。

通靈人說我的性格「喜怒無常，脾氣暴躁」。

本來只想聽一下女兒的前世今生的。這時立刻質問為什麼覺得我「喜怒無常，脾氣暴躁」是「好準好準」呢？我是天底下最最和藹可親明理通達識大體容易溝通並且優雅美麗的母親哇……關於我的長處，我至少還有八百八十八條可列，不過這不是重點，重點是：那就是女兒看到的，並且認定的「真正」的我。從她自己那個「我」的意識所出發的。

女兒從小到大時常挨我的罵，因為她個性柔和，我是急性子，等不了她，習慣了用斥喝來催促。她認知的那個我，或許也是正確的，不管我樂不樂於承認。

雖然我相信跟其他人認知的我一定有差距。我或者也有八百八相，是無數他人意識的集合和反應。不同的人在不同的心情以及需求下擷取的那個所謂「我」，既真實也不真實，唯一可靠的是，那含帶有他們自己的碎片，是他們自己的映相，因為所有認知是從他們自身出發的。

這所以我對外界對於我的看法，無論好或壞，從來無法有切身之感。看到有人對毀譽非常介意，總覺得奇妙，或也可說是羨慕，因為他是那樣有感覺。被罵了就氣得吃不下飯，花三四個小時來辯解，生氣，計畫要如何收拾對方。被稱讚了便花朵一樣的開了，周身都散放喜氣的芬芳。我是沒有氣味的花，既不香也不臭，我是沒有顏色的花，或許是透明的。無論晴天或下雨，整個世界在我之外飄盪，可以從這一方透過我看到另一方。

我似與世界有隔，總是這樣，站在某個永恆的玻璃窗外，看著一切，覺得很難進入，其實也不大想進入。對於世間的一切，感情，人性，我都只是在學理上明白。我是帶著許多知識來的，但是「臨床經驗」，其實是直到三十來歲之後才有。

輯二

孤獨電視台

宅男之逝

女兒在樓下說：某某人死了你知不知道？

她不是在跟我說，在跟她弟弟講話。現在住的是三層樓透天厝，全家人分住在三個樓層，因之所有對話都在樓梯口進行。女兒在樓梯口喊話，她弟弟就從二樓房間出來，站在樓梯口問：「誰？」

女兒說了個我沒聽過的名字，不是我認識的任何人，不是雜誌上或報章上刊登過的任何名字。不是名人。

以前看過某媒體學者說過：「要吸引注意力，沒有比性和死亡更有效了。」當然這並非只單純指性或死亡的「定格」畫面；進行中的性，和進行中的死亡，有同樣的吸引力。在前者，彰顯於緋聞八卦與及各式鹹溼類醜聞；後者，則是災難，暴力，謀殺，傷害衝突，甚至生存危機。寫電視劇時，前輩也諄諄教導，打耳光和床戲，是最容易讓不斷轉台的觀眾暫停遙控器的畫面。我八成是被電視劇熏染太深，聽到有人死有人上床，馬上就非常虔誠的撲過去詢問了：

「誰呀？」

是兒子的同事，不過女兒也認識。我的小孩們，生命中有一塊我可以遙觀但從來無法介入的範圍，就是動漫。三個孩子都有超過二十年的「動漫齡」。關於這一類知識，本人連幼稚園的程度都搭不上。每次聽他們談話，一大堆陌生的名字名詞漫天飛舞，有些非常新奇，有些非常怪異。我坐在那兒就像第一次來到地球的外星人。

所以，理所當然的，這位「同事」，我除了知道他曾經和我的小孩認識之外，對於他有什麼過人之處一無所知。

然而，這個人，顯然是有某種重要性和代表性的。孩子們感歎了兩天，談論了一週，翻出某些和這個人相關的書籍音樂影片等材料溫習了一頓，之後，塵埃落定，大家又回到了自己的生活裡。

一個人過世之後，能夠被並不是非常親近的人懷念過一週上下，這個人的生命是有其分量的。據兒子說，這人是台灣動漫界少有的專家，他本身就是個活動的動漫知識庫。不但自己翻譯許多日文動漫資料，並且還跟日本的重量級漫畫家有互動。在台灣，要邀請日本動漫界名人，包括漫畫家和聲優，多半非他不可。他就像《蘋果核戰》的海報畫面（一個背對觀眾的裸女，光滑的背脊上開花一般生出無數的電路線），身上有許多線路，連接日本與台灣，或許也有中國。現在他死了，這龐大的，蕪雜的通路將一一萎謝，再連上，恐怕要花很大的力氣。在他，是集數十年之力和心血才做到的。

而撇除這個「動漫達人」的光環之後，這個人在現實裡是這樣子的：他一個人獨居，房間裡堆滿了動漫迷會流口水的寶物：包括原裝日本漫畫、雜誌、漫畫家（和聲優）親筆簽名，各代遊戲機遊戲碟影片DVD模型海報……總之，所有動漫商店會出售的那些。兒子說公司裡他獨有一間辦公室，那辦公室的內容，必須用「不可思議」來形容，那不是房間，是洞窟，經年累積的心血材料（當然，都是動漫相關的）全壘壘堆疊著，到達違反物理定律的高度。一般來說，這種景象只會在漫畫中才可能看見。而其下，同樣的，如同漫畫，有一個小窟窿，其人便坐在這窟窿裡辦公。他是如何進入那個窟窿裡，又如何從窟窿裡出來的（重點是沒有讓任何堆疊之物件垮落），這祕密，顯然已被他帶入天堂，永遠不會有人知道了。

他死在家裡，窩在他所有的寶物中間，被書籍和影像圍繞。他最後的行蹤是去常去的漫畫書店買書。最後的遺言寫在部落格上：他告訴朋友，某經典漫畫終於要改編動畫了，他期待上映時可以到電影院去看。

他的死因單純。不過是患了感冒。可能在去動漫店時他已經身體不適，不過這麼許多年都是這樣馬馬虎虎挺過來的，所以他也就採取了同樣的對應之道：躺回家去，一邊看漫畫（也或許是動畫），一邊睡覺。他一人獨居。死後三天才被發現。據說是朋友聯絡不上，到家裡來找他，才發現他已經死了。兒子說他在公司很忙，口頭禪是：「別吵我，讓我睡覺。」現在，終於，進入了無人能夠打攪的睡眠中。

他年紀不大。我可以想像他有一個被管制不許看漫畫的童年，之後進入國立編譯館有限度放行，日本漫畫得以不再被塗改畫面的少年時代。他或許志願過成為漫畫家，在不同時期的筆記簿和課本上留下自己設計的機器人和人物設定的塗鴉，之後放棄，而在日本漫畫卡通和影片大舉侵入之後，由愛好者成為了專家。他投身的範圍是一般人認為無意義和無足輕重之地，然而於他是生命全部。他的生命地圖非常單純，只有三個地標：公司和住處和漫畫書店。他在家裡休息，之後去公司上班賺錢，賺了錢到漫畫書店訂購他喜歡和需要的書籍和資訊，之後回家閱讀消化這些內容，上班時便使用這些資訊賺薪水，而賺到的薪水就花在與動漫相關的種種項目中。那些東西滋養他（物質與心理上都有），也消耗他（物質與心理都有）。

簡言之，他是宅男。

「宅男」在台灣，一般認為是外表很像漫畫裡的人，胖呼呼的，或瘦乾乾的，不修邊幅，相貌是個概略形狀，跟其衣著一樣。總之，不按上某個漫畫角色的名字，你想像不出他長什麼樣子。他長年吃速食和泡麵，幾乎不收房間，可能也不洗衣服不倒垃圾。最理想的世界是除了漫畫和他，沒有其他人。他不交朋友不結婚不養兒育女不養小動物。他活在他獨有的星球上，到了「別人星球」就成為十足的怪物。

「宅」這個字眼，在台灣，據我們家宅男說，已經被矮化和醜化了。日語的「OTAKU」，其實有嚴謹的定義，專指那些對於自己那些特別的，看上去似乎全無價值的，近乎沒有意義的嗜好，鑽研甚深，自成一格的族類。由於研究（和收集）的範圍看上去完全不值得研究，所以便被稱為「御宅族」。雖然廣義來說，凡是對專門項目有研究的，都算御宅族，不過萬一你研究的是「有用」的技能，像科學家，人類學家，程式設計師……，那麼「御宅族」是不屑與你為伍的。這個字眼的神聖性便在於：他們是一群為了興趣不計代價的人。

某方面來說，「宅」族有多少的殉道性，他們置自己的興趣與愛好於一切之上。極端者在自己的人生中排除所有與自己愛好不搭軋的項目。而人生的所謂大事，持平來說，通常都或多或少妨礙嗜好的。論到死亡，任何人都不免兔死狐悲之感，但是這位宅男之逝，卻有一種死得其所的圓滿。

後記：極為偶然。在書稿校對時，發現校對者竟然正好是文中人物的姊姊。YOKO曾與我兒子同事。在我兒子眼中，是能力強大，在動漫界舉足輕重的人物。他為動漫界做了許多事，他離去，讓動漫界留下很難填補的空白。相信所有認識他的人對這個評價都不會有異議。

他也像多數的宅男，大家叫他YOKO，卻不知道他本名。

他叫吳建樟。

YOKO姊姊看了文章後，來信如下：

那篇〈宅男之逝〉提到的人是我弟弟，能夠從文中知道袁老師她兒女對我弟弟的看法，滿感動的，讓我又想起了很多事。

不過有一點袁老師猜錯了，我們家沒有禁看漫畫耶。我從國小就買《小叮噹》看，還有手塚治虫的《三眼神童》、《怪醫秦博士》等等。所以弟弟們是跟著我看漫畫長大的。

愛玩

我出生在上世紀的五〇年代。假想在那個時期，有某個人，一個普通人，如果被某種力量帶到了二十一世紀的現代，住不一陣子，他可能會神經錯亂的。

倒不是說他會被現代的許多高科技搞昏。「高科技」雖然往往讓人頭大，其實適應起來沒那麼困難。我肯定讓個「五〇年代人」，或更早些，唐朝或宋朝人，甚或山頂洞人；來到二十一世紀，不要一禮拜，他一定能學會坐在電視前看電視，或用電鍋煮飯用微波爐熱食物用洗衣機洗衣服打手機叫披薩……以及使用吸塵器冷氣機電暖氣，如果他有點英文程度，上網可能也不是難事。只要他相信這些不是邪術，不會吸取他的魂魄，也不會讓他生病就行。教他使用手機，可能比讓他相信手機不會奪他性命容易。

所以困難的往往都是對於概念的接受。現代，比之過去，我覺得最大的改變就是對於「玩」的看法。

至少在我三十歲以前，「玩」這件事都還是被視為不正當不正經的。講到某人「愛玩」，差不多跟現在聽說某人癌症末期是一樣意義，都表示「沒救了」。「玩」是小孩子的特權。我念小學時，只有一二年級有「唱遊」課，老師在課堂上教我們唱：「我愛工作，我愛遊戲，工作完畢，快樂遊戲。」才七八歲的孩子，就已經開始灌輸我們要先工作後遊戲的概念。等上了三年級，取消了唱遊課，課本裡便直截了當出現螞蟻和蚱蜢的故事。螞蟻整天忙工作，蚱蜢則在草叢裡嬉戲唱歌。螞蟻十分辛苦，蚱蜢非常快樂，由春到夏，由夏到秋。快樂的事都危險。冬天的時候，螞蟻在窩裡享受他辛勞工作的成果，而快樂的蚱蜢餓死了。

愛玩是非常非常非常糟糕的事。人生在世，你要不做螞蟻，要不做蚱蜢。課本裡從來不提也有螞蟻過勞死，或者某些蚱蜢一輩子玩依舊活得不錯的事實。

所謂的「玩」，分類簡明扼要，妨礙人賺錢過日子的事都叫做「玩」。小孩子要認真念書，是為了將來讓自己比其他人有更多籌碼在社會上立足，比其他人有更多機會找份好工作。出了社會要認真工作，是為了可以賺更多錢來養活自己養活家人。一切讓人分心，不能專心讀書或工作的事都叫做玩。同樣的，一份工作或一種能力，如果看不出能夠有穩定長久的收入，那就叫不務正業。

過去的年代，許多在現在還算個工作的職業，過去都叫做不務正業。例如做歌手做舞者做演員，甚至做導演，除非那只是兼職，另外還有個「正業」，否則這個人不務正業。寫作也算是不務正業，無怪過去的女作家那樣多，所有的女人基本上都有「正職」，就是做妻子，有個男人負責養她，所以她可以不務正業。相對來說，女人要是不結婚，基本上就「不務正業」，就除非她像呂秀蓮成了中華民國副總統，或者幸運的活到了二十一世紀。

凡是「自由業」都算是不務正業，這包括畫家，漫畫家，各種型態的藝術家，經紀人；還有推銷員，拉保險的，掮客，甚至教補習班的，以及任何性質的打工，接case的人。許多職業在過去不叫做職業，或者通常被當成「第二份職業」，如果直截了當的靠這「第二份職業」養家活口，長輩都會替你憂心你不務正業。

在我的年代，長輩父母和師長都小心翼翼不要讓孩子養成「愛玩」的習慣，以免斷送了他的一生。所以不許唱歌不許跳舞不許看「閒書」（就是教科書參考書之外的書籍。看閒書跟偷情一樣，是有不測後果的。我的成長期伴隨無數本被長輩一撕兩半的閒書，因此而發展了自己給故事編造結局的想像力）；甚至，沒考上大學之前不許看電影。上大學好像是某種管束的結束，當時流行的說法是：「考上大學任你玩四年。」但事實上，上了大學之後，長期「萎縮」的玩樂細胞往往面對兩種局面，一是根本不會玩，結果繼續萎縮，之後壞死，成為終生不會玩的人。另一就是玩樂細胞成了癌細胞，「不正常增生」，之後把這個人毀了。

所以，「遊戲」這種東西，在過去是無法想像的。我三十來歲那時候，遊戲機是違法的，咖啡店裡的小蜜蜂和吃果子機都偽裝成桌子，要玩得把桌布拉下來。拉霸（那時叫「水果盤」）和其他的電玩都藏在店堂後面，要有門路才能窺其堂奧。

我個人大概是小時候被管太緊，二十歲有了「正業」，成為某人之妻之後，差不多幹的都不是正事，每天不是看電視就是看小說，還看一堆日本漫畫，癡迷不已。後來發現咖啡店裡可以打電動，就成天跑去換零角子玩遊戲。等小孩稍大，就帶著一起去玩。跟兒子女兒一起占據三台遊戲機，非常受咖啡店老闆歡迎。

我家小孩在看閒書或「玩」上頭都沒經歷過壓抑，事實上我自己也在看也在玩，自認除了不賢妻也不良母之外，並沒有「學壞」。所以從不禁止小孩。他們看漫畫玩電動，我不但是「金主」，還是同好，陪他們一起看一起玩到他們長大。因為自己沉迷過（現在也還樂在其中），所以對一切的遊戲或漫畫的看法，不是那麼的嚴肅。

前兩天在咖啡館裡看到雜誌上有名流談讀書，對於「讀書」，都還抱持正統觀念，強調要讀「好書」。所謂的好書都赫赫有名。我奇怪任何「必讀書單」裡為什麼從來沒有瓊瑤或金庸的作品，我們都是看這兩個人的書長大的，下一代大約也還有不少人在看。在影響一代人的思想觀念上，這兩個人絕對比張愛玲要大得多。

倒也不是鼓勵大家不要讀好書，而是，「讀書」跟吃東西一樣，營養師的建議是一回事，我們想吃的是另一回事。我相信身體比我們聰明，如果聽身體的話，該吃什麼，我們比營養師清楚。同樣的，心智在不同階段需要不同的指引，只有我們需要的東西才有辦法吸收。否則再有價值再有營養的東西，照樣是怎麼進去就怎麼出來。回想我在三十歲左右讀的書，大約不會有任何「書單」會列舉。那時看了超多的少女漫畫，羅曼史小說，社會奇情寫實和武俠。我自己後來寫小說和寫劇本的許多素材都從這些閱讀裡來。我如果一開始就看偉大的作品，可能會「嚇」到不敢創作。

有時覺得，對於創作者，優秀的作品有可能會太「滿」，那些是完成品，沒什麼讓讀者「補完」的餘地。電影界有一種說法，好小說一定拍成爛作，反倒是爛小說會成為優秀電影，原因便是壞的東西有修正和改變的餘地。張愛玲小說拍成電影多半拙劣，原因大概就是這樣。唯一拍成功的，大約只有一部《色，戒》，而這部戲幾乎是公認完全「不忠於」原著的。

霸凌

兒子上小學，第一天放學回來就跟我要錢。

他才剛上一年級，不過數天前還是每天靠娃娃車接送的幼稚園小朋友，吃穿喝玩都是伸手就有，我深信他並不知道這世界上有錢這樣東西存在。問他是不是老師要收什麼費用，不是。他很明確說：「要十元。」我很疑惑他知不知道什麼是「十元」。問他十元是什麼？他果然不知道。這個剛滿六歲的小人，一邊吃冰淇淋一邊說：「可以吃的。」那，十元是什麼樣子？他說：「粉紅色。」並且

「很長很長」。

這個小傢伙概念裡的「十元」到底是什麼，已成千古謎題，沒有任何人知道了。就連現在已經長大了的他也不知道。不過問他要十元做什麼用，他卻很清楚。要給他的同學。坐他旁邊的學生叫他每天帶十元來給他，不然就要捏他的臉。

第二天我帶兒子去上學，順便仔細觀察一下那個幼年勒索者。很普通的小孩，頭髮很多，毛毛的。並不特別窮凶極惡，也不特別精靈古怪，就是極普通的小孩。短短手短短腳。他坐在兒子旁邊，上課時一直在打瞌睡。看到他那張小胖臉瞇著眼向桌面慢慢垂下去的景象，實在是絲毫不具威脅性。然而雖然看上去這樣無害，甚至讓人覺得滑稽，可愛的行為，事實上就是初階的霸凌。

在小學一年級時威脅不給錢就捏臉，到了國中，甚或高中，「手段」就不會這樣輕描淡寫了，而如果牽涉到「保護費」，明顯也絕不是十元錢可以打發的。霸凌的行為，其實並不像春天的閃電，不會突然發生。多數是逐漸累積的，那個跟我兒子要「免捏臉費」的小孩，如果繼續下去，在成長過程中，每次霸凌都一帆風順，又從不曾遇到別人對他反霸凌，可能會終身認為霸凌是他的基本人權。他或也不至於成為黑道，但是不會把人當人是絕對的。

繼小學被收保護費之後，大兒子似乎成了霸凌的慣性受害者。他念國中時，幾乎每一堂下課都會被人追著滿教室跑，不幸被抓到，就會被挾著往走廊柱子上「阿魯巴」。這件事他回家來從來不說。男孩子的成長過程之險惡，恐怕是母親們很難想像的。因為女性世界中不大有這些事。我後來會知道，是因為老師打電話來。到了學校才發現他滿頭血，門牙被打掉了。

那位對他慣性霸凌的孩子，看上去完全無辜，甚至身量也不比我兒子高大。臉白白的，老師把對方家長也叫來了，對方父母為了兒子的行為不斷道歉，小孩這時似乎膽怯，低著頭，他父親打他腦袋叫他道歉，他就聲音小小，囁嚅著說：「對不起。」老師叫他跟我兒子對不起，他也一樣，低著頭，幾乎惶恐的細聲說著：「對不起。」

他們上體育課，這孩子拿著籃球追著我兒子砸，我兒子滿場跑，大概所有人都覺得好玩吧，總之沒有人阻止，後來就砸中了我兒子後腦，摔倒時撞斷牙齒。

兒子爬起來之後去撞對方，所以對方也不是沒有「受傷」，他被撞，大約咬到自己，嘴唇流血了。

兒子之後就一直是假牙。從十四歲起。回家之後他才說他不但是時常被阿魯巴，還常被人抓住雙手雙腳扔到廁所的小便池裡。可能因為他覺得那是他自己應該應付的事，所以從來沒回家來講。不過關於霸凌，他直到現在偶爾還是會作噩夢。就像他的門牙，有些安全感和信任，他永遠失去了。

霸凌這件事，在孩子們，似乎界線很不清晰。那以欺負我兒子為樂的男孩，你說他是惡意嗎？很難確認是惡意，他只是習慣於找個不會還手的對象打發時間而已。許多「霸凌」行為的背後，其實幾乎是無意識的。並且是共同的無意識：霸凌的人，與被霸凌的人。雖則會產生或得意或憤怒的情緒互動，但是似乎對於「這其實就是霸凌」缺乏明確的理解。

小兒子國中時念的是六年制住宿學校，高中生和初中生的宿舍在一起。這也是畢業多年後他才提起。在他剛上學那一年，有天睡覺的時候被人喊起來，是高中部的學長，好幾個。他發現同寢室裡其他三個同學都被喊醒了。那時半夜。高中生拿著手電筒把他們帶到六層樓宿舍的頂樓平台去。頂樓平台沒有欄杆，只是一片平鋪的水泥地，沒有任何照明，四處一片漆黑。只有學長的手電筒光亮。

這群高中生要他們四個站到平台邊緣，然後兩手兩腳觸地，身體懸空。那是很難受的姿勢，擺久了之後手腳便開始顫抖。而那些高中生，看到這些孩子擺好了姿勢之後，就離開了。帶走了手電筒，再沒有回來。

他們撐了不知道多久，最後實在撐不下去，就站起來離開了。那些高中生他們一個也沒認出來，他們也沒有上報舍監。這件事就像那個沒有星光的頂樓平台一樣，無聲無息，什麼也看不見。幾乎就像是沒有發生。

小兒子這麼多年之後才提這件事，是因為沒有把那當成是欺凌。而那些高中男孩，在晚上睡不著的時候，獨獨為了取樂，做了這麼件可能非常危險的事。我想他們也不明白他們在做什麼。

都要等到出事了，有人傷亡，以鮮血和殘缺來確認，我們才真正明白我們究竟做了什麼。

美國麻薩諸塞州在二〇一一年五月通過了反霸凌法案（Anti-Bullying Law）。

之所以會有這個法案產生，是因為上一年在麻州南哈德利高中發生的霸凌事件。

菲比・普林斯（Phoebe Prince），十五歲。她轉學到南哈德利不到一年，因為不小心被學校的風雲人物看上了，結果被風雲人物的女友抵制。這位女友人脈豐厚，於是發動所有親朋好友對付普林斯，務必要讓她在這個學校裡待不下去。手法諸如用「妓女」言詞灌爆她的Facebook留言版，在街頭只要見到便吐口水謾罵，以及把她的照片畫滿淫穢圖案貼到全校園裡。

普林斯忍耐和對抗了多久，我們不知道。有一天，在回家的路上，一輛載了許多學生的車一路尾隨她，邊跟邊罵她「賤貨」，並且用捏扁的汽水罐從窗外丟出去扔她。普林斯一路哭。回家之後，她就上吊自殺了。

這件事鬧大之後，州檢察官伊麗莎白・沙伊貝爾（Elizabeth Scheibel）控訴相關的學生，一共六人，她以侵犯人權罪起訴這些學生，如果罪名成立，最高可以判處十年徒刑。

可歎的是，當普林斯死後，主導此事的三名女學生同樣成為被霸凌的對象，網路上一片叫囂要把她們驅離學校。在路上人見人罵。所有她們施之於菲比的待遇，現在反撲回來。但是她們不是一個人，多麼糟的待遇，有同伴一起承受，就多少會覺得可以忍耐下去。猜想這三個女學生是不會上吊的。

不過據此可以推演出一個結論，就是，「霸凌」行為之所以肆無忌憚，正因為一般人沒把它當作罪行。如果不是親身承受，即算是至親，很少理解這件事對當事人的傷害性。霸凌的「基礎」在於欠缺同理心。「同理心」一事，其實不像字義這樣簡單明瞭。如果總是只看到自己，無論對親人，對朋友，「同理心」這東西是不容易存在的。

鬼故事

有一天，半夜出去覓食。

我習慣晚上做事。也看了不少養生書，都說養生之道最要緊的是按時辰睡覺。尤其要睡「子午覺」，據說在這兩個時辰睡覺，比其他時段，恢復元氣的效果要加倍。

我是絕對信仰白紙黑字的人，只要印成書的我都相信，只要網路上寫的我都相信，尤其宣傳這理論的文字一大堆，自然是信服的。但是實行起來是另一回事。我的「晚睡史」超過半世紀，以前做小孩的時候就時常半夜熬夜，第二天到學校去睡覺。「長大」沒人管之後，越發變本加厲。我的問題不是晚上睡不著，是白天起不來。不管睡了多久，下午三點以前我總是精神委靡像報廢的電池。因為改不掉熬夜習慣，只好安慰自己我一定前世是美國人（或歐洲人），所以「時差」在這一世調不過來。

總之晚上做事好處多多。尤其現在夏天。安靜，也不那麼熱，幾乎沒有任何干擾，就除了會半夜肚子餓。家裡雖然有備糧，可有時候不知道為什麼，會渴望吃一些特定的東西，那時候就只好半夜跑便利商店。

全年無休的便利商店，在我看，是這個星球上最美妙的東西。那是一個你永遠可以去的去處。而事實上，不要求五星級待遇的話，它什麼都有。可以在那裡打發衣食住行育樂，可以從春到夏，從秋到冬，還有人一聲不哼的陪伴你，偶爾還願意陪你聊天。我總覺得，便利商店的夜班人員對於客人的歡迎一定比任何其他時段的店員真心。晚上的便利商店像漂流在黑暗宇宙中的太空船。任何進門來的人，都是這星球上唯一的人類。碰見了就算是他鄉遇故知。

我半夜出門，走在黑暗中。可以看見亮煌煌的便利商店，冰冷的在遠處發光。黑暗總給我一種不穩定的感覺，所有景物在隱微的變形，一切都在流蕩。而街道遠處的便利商店，星船一般泊在黑暗中。

出門時沒注意時間，總之過了半夜，天快亮了。家附近有座廟，圈著一人高的圍牆，因為有片廣場，時常有人在廟前下棋或是喝茶。晨起的人也會在空地上做運動。那天經過的時候聽到人聲，非常嘈鬧。從牆外都看得到裡面燈光白白亮亮，我沒想到晨起運動的人居然會起得這樣早，經過廟門口的時候就朝裡頭探望了一下。

什麼人也沒有。裡頭的確是燈光大亮，然而也說不上是哪裡的燈光，只是小廟自己本身在大放光明。周圍好像並沒有路燈或什麼的。我正詫異，這時發現一點聲音都沒有了，就在上一秒還吵得不得了。

我繼續往前走。原本還全無感覺，只有一點輕微的疑惑。忽然就想到：現在是鬼月呢，立即全身毛起來了。

我不想說自己是撞了鬼或怎麼，因為後來還是去便利商店買了東西，並且平平安安的回來了。之後幾天也沒有任何異常的事發生。我只是猜想，在那一剎那，我或許窺視了世界的隙縫。有某個與我們相鄰的世界，在我經過的時候，門一開一闔，露了點聲音與光線出來。與其說「他們」驚嚇了我，不如說我打擾了他們。或許，在我從廟門口向內探望時，「他們」是跟我一樣，意外，可能也被嚇到，並且，會如同我後來跟朋友講述這件事時一樣反應，會瞠目結舌的瞪視著我，彼此互語：「那是鬼。」

「鬼」這種東西，嚴格來說，是對「異類」的稱呼。我猜「他們」或許也喊我們是「鬼」的。

有個朋友說他不怕鬼：「敢來找我，我遲早也會去找他！」能說這種話，當然是因為有年紀了，知道自己遲早會和鬼「同一國」。從這觀點看，鬼實在沒什麼好怕的，不過是人的「變身」，只不過這變身的「程序」，不太照顧當事人的心態，完全「強迫執行」。並且一變身了，就再也「變」不回來。

像某些人怕鬼一樣，我相信也有某些鬼怕人。好像是紀曉嵐《閱微草堂筆記》裡的故事。說某人夜間趕路，因為怕鬼，心裡頭惴惴不安。這時忽然看到前頭走著一個人。他心裡想太好了，終於可以有個伴了。上前幾步，拍了那人肩膀一下，不想對方嚇得一躍數十丈，在半空中消失不見。

這是個人嚇鬼的故事。人嚇鬼只能在無意間行之，因為一般都覺得只有人怕鬼，鬼是不會怕人的。雖然《聊齋》裡也有個書生，拿墨抹在臉上嚇鬼。不過我總覺得鬼是給他面子，「假裝」被嚇。照我看，這種伎倆連人都嚇不倒的，何況是鬼。

最近在看日劇《百鬼夜行抄》。漫畫改編。說實話意境不如漫畫，有點可惜。日本號稱「八百萬神明」，但是似乎只有「百鬼」。如果同意神的位階要超過鬼的話，日本的「異世界」看來是將比兵多。我覺得日本的「鬼」，比較接近我們的「怪」的概念，多半是一些附身在物品上的靈體。而這靈體若果附身的時間長久到一定程度，往往就成了某種神。神與鬼似乎在一線之間，連性格都差不多。某些神異常刁惡，很容易被得罪。也有些神階級太低，渺小到不如鬼。在日本的怪談故事中，鬼，尤其是惡鬼，通常是被「製造」出來的。目的是為了鎮壓邪靈。而這些邪靈，其實也是最早的惡鬼「坐大」之後變成的。製造惡鬼之法往往慘無人道，因為他們相信怨恨與痛苦會產生力量。所以痛苦越大，法力越強。看了一些日本神道的故事之後，實在可憐他們的這些神（或鬼），因為毫無救贖餘地，只要一「改邪歸正」，法力立刻沒了，失去他們的存在目的。

或許因為這樣，日本的鬼故事，總是悲傷比恐怖多。太多的痛苦，使得那些鬼，比較像扭曲和變形的人，惡行的背後往往有更為傷慘的原因。很早以前看過一篇「白蛇妖」的故事，一直記到現在，就是因為那故事實在是讓人不知如何是好。

故事開篇便形容京城裡出現了妖怪。打更和守夜的人在半夜裡會看見一條白色大蛇從京城上空掠過。夜夜如此。雖然沒聽說有什麼人畜受到傷害，但是畢竟是妖，京城裡人心惶惶。城主於是找了陰陽師來捉妖。

陰陽師守了好幾個晚上，觀察到白蛇妖總在同樣的時間出現，路線也一樣。摸清楚蛇妖的「習慣」之後，這陰陽師便帶了寶劍躲在京城最高的屋頂上。當蛇妖飛過屋頂時，陰陽師躍上半空，揮刀便斬。這一斬，蛇身忽然急縮回去，同時，掉下了一顆美人頭來。

原來這個蛇妖，本體乃是京城裡某官家大小姐。她喜歡的男人住在京城的另一端。夜晚入睡之後，她因為想念情人，那思念太強，竟使得她伸長了脖子，越過整個城市，飛到情人的窗外，去窺看情人熟睡的臉。

我不能忘記書中對於那畫面的描述。一入夜，整個京城昏睡之後，黑色的天空上便會出現蛇妖。極細極長的身子，圓潤光滑，皓潔如月。微微發著亮，在半空中蜿蜒，橫越了整個京城。

愛得太深也會讓人變成妖怪的。

浪費人生

跑去演講。那學校在山上，風景極美，搭計程車繞了山路上去，一圈一圈轉，越轉越冷。人越來越少，樹越來越多。

到了校門口，沒有人來接應。就站在門口往內看。天很冷，山上更冷，把手捅在口袋裡，在鐵製鏤花的校門外走來走去。隔著那些鐵鑄的線條向內看。等了好久，因為始終沒人來，就往校門前的山路走下去，看到海。平平的，夾雜在建築物和樹叢間，淡到近灰的白色，有點像雲了，灰灰的鋪在海平面上。

非常美的地方。是學校，附近似乎該有些雜遝的小賣店或公車站或者「房間出租」的招牌什麼的，但是都沒有。照道理不該這樣美這樣清淨，可是的確是的。冬天的太陽光水亮水亮，透明流蕩，一點溫度也沒有。只覺得四處青的青，白的白，如果不是答應了要演講，便很想就從山路上一直走下去，走到不知道什麼地方去。

答應了就一定要守約，要等在那裡；或者應許了就一定要付出，總覺得這是人間規則，遵守起來，對我，老覺得是有限度的。例如說只願意多等五分鐘，過時了便想跑掉，或者，只因為必須給，便覺得壓力了，在承諾之後，就滿腦門子如何逃避那個承諾的心思。從來沒法一板一眼的遵守該遵守的。

在等待接應的人出現，對方又一直不出現的時候，忽然就非常高興。覺得自己可以跑掉，往山路走下去看海。或者不看海，只是往那條鋪了碎石子的山路走下去。非常漂亮的路，旁邊有紅磚房子，牆裡頭是綠的樹。然後海是灰的天是藍的。空氣涼涼的，絕美的冬日早晨。

結果我走下山路又再走上來的時候，發現接應的人在等我，於是就跑去演講了。講了兩個鐘頭，說實話自己像離魂一般，不知道在講什麼。搞不好是自動機制吧，因為站在眾人面前，因此有一些什麼便滔滔湧出來。好像時間是一些方格子，負責往裡頭填滿就行，至於填的是什麼，猜想並不重要，猜想也沒有人關心或注意。

講完了就回家了。沒有繼續在那塊地方停留，沒有往山路走下去，沒有去看海，沒有去吹透心涼的山風。那麼美麗的地方，我就只給了它二十分鐘。以後我大概也不會回去，太遠了。人生裡，什麼叫做浪費呢？我那天可能把我的時間浪費了，學生們不缺我的兩小時演講，但是因為我把時間用在對一群坐在屋子裡的人講話……我時常有對著一群人講話的機會，也不欠這兩小時，我卻放棄那條美麗的山路，放棄了冬日早晨的陽光，放棄了那種很舒適的，只因為風景美麗，心情也為之閒適舒暢的感受。

人生裡，什麼叫做浪費呢？

有句廣告說：「人生應該浪費在美好的事物上。」我覺得能想出這種詞句的，一定是有歷練的人，真正懂得人生況味。那些會讓人後悔的，多數都是曾經被放棄的事物。而放棄的理由大半是「不想浪費」，不想浪費生命不想浪費時間不想浪費金錢不想浪費感情……但是沒有「浪費」的這些，回想起來，也不知道究竟省到了哪裡去。還是一樣耗用了，只是沒有耗用在自己喜歡的事物上。

我年輕的時候有理想有抱負，工作非常努力。總覺得自己面前那條時間河流裡淌滿著金錢，不伸手去撈對不起自己。於是每天努力工作……至少是打算努力工作。我坐在咖啡廳裡，面前攤著稿紙和筆，盯著窗戶外頭的花花草草紅男綠女，想說等我忙完就要去玩……但是從來沒有「忙完」。

在寫稿的時候總忍不住胡思亂想，盤算自己想做的事，想要去旅行，想要去學西班牙語，想要去學跳佛朗明哥，想要去……從來沒有忙完，因為我是有理想有抱負的，雖然花很多時間去夢想，以至於真正努力工作的時候沒有自己想像的那樣多，但是我從來沒有把時間「浪費」在真的去做那些事情上。

不敢浪費自己的人生，對於別人浪費人生也很焦慮。三十五歲沒有結婚，四十五歲沒有自己的房子車子，五十五歲退不了休，就覺得此人「浪費生命」，恐怕不值得活在世界上。

我的人生，曾經有過婚姻又失去婚姻，曾經有過房子車子又失去房子車子，早已經過了五十五歲，很慶幸這個世界還不「讓」我退休。活到現在，終於發現，自己正是那種過去認為不值得活在世界上的人種。

我沒有「浪費」的人生，到頭來，證明其實完全是一種浪費。

寫了《一個新世界》的艾克哈特．托勒（Eckhart Tolle），在三十歲的時候，經歷到極大的「持續性的焦慮狀態」。托勒是西方著名的性靈導師，我們一般人大約不會經歷這一類的焦慮。我們的焦慮都跟「形而下」有關，不必經歷「形而上」的焦慮或許是我們的幸運。總之，托勒的狀態是：他覺得「完全的受不了自己，以至於不想活下去」。

在瀕臨崩潰時，托勒忽然開悟。之後，他離開了自己原有的環境，離開身邊的人，放棄工作，放棄自己的身分，坐在公園裡的長凳上，整天無所事事，只是「看著來來往往的行人，天空的飛鳥和遠方的渡輪」，如是兩年。

不用真正去請問托勒，獨獨看到這一段描述，都令我感覺托勒必然在美好的狀態中。在全然的無牽無掛和自由中。

而或許正是這兩年的「浪費」，讓他找到了自己性命之所寄，讓他成為性靈導師。或許對生命而言，沒有浪費這件事。如果認真去經歷，不把它當作是浪費，無論多麼無聊的事，也會有意義的。

「浪費」這個詞之吸引人，大約就是它隱示了「自由揮灑」的意味，隱示了「任性」的意味。

大自然是最「浪費」的，據說海裡頭魚媽媽產卵數以千萬計，多數是替魚爸爸補充蛋白質，真正變成魚的沒有多少。而春天裡花粉到處飄揚，被傳播出去並且生成新苗的也只有百分之零點幾。大自然就像暴發戶，它給予人類的陽光空氣水，完全不「量入為出」，只是很澎湃的，「浪費」的給。如果大自然都這樣「浪費」，我們渺小的人類偶爾小小浪費一下……隨便浪費什麼，或許也不算太罪過。

只要是在「美好」的事物上。

不過我現在看法，在「浪費」的時候，不知道為什麼，一切事物都會立即顯得特別的美好。

化妝

公共汽車上，她湊著小鏡子在化妝。我一向覺得在車上化妝是高等技能。完全沒法理解為什麼眼線不會塗歪，或口紅沒擦到臉蛋上去。在電影裡，發生這種事的機率總是百分之百。

車子搖搖晃晃，偶爾一個急轉彎，這可不比捷運，毫無穩定度可言的。但是她十分安然淡定，對著小鏡子（拿著鏡子的手上另夾著眉筆和睫毛刷），似乎在某種神祕的韻律中，那是她跟公車之間的，旁人無從置喙，並且也無能理解，她的手勢或動作與公車晃動的頻率相合，那或許高級到類似某種內家功夫，完全是只能意會不能言傳。她在塗她的眼線，精細的，眼半閉，拿筆的手挑著尾指，緩緩的，然而精確的在眼瞼上拉過去。眼線下是長睫毛，可能是假睫毛，非常長，一排灌木叢似的排在她的眼皮上。她使用睫毛刷，一根一根，輕巧的沾著睫毛，之後是我未能料想的神妙效果，乍然間，被接觸過的睫毛便肥厚而且變大變長了。車子一個急煞車，她立時收住手，翹著尾指，險險的在臉旁停格。在那剎那，極準確的讓自己凝結在時間與空間中。

那是我下車的站。我搖搖晃晃扶著兩旁座椅的椅背下車，經過她時，偷瞄了她一眼。非常美麗的女子啊，那化妝或許尚未完成，不過已然很美了。

我下車後就一直想著她這樣美了為什麼還要化妝的問題。

我跟男人一樣，不大會看女人到底化過妝沒有。我發現你問男人他女朋友（或老婆）化不化妝，通常都得等待，這不是可以立即得到答案的問題。就除非對方是明顯到臉上總是紅紅白白，或者是他自己曾經枯等過女朋友化妝結束。

女人的化妝是類似魔術的事。我有位好友，從來不化妝，至少我一直以為她不化妝。有個夏日我們去爬山，爬到半腰上我實在是熱得受不了，旁邊有溪流，看上去清澈潔淨，本人便蹲下去捧水往臉上潑，霎時暑意全消。我野人獻曝跟朋友說：「你要不要也潑一下臉？很涼呢。」她說不要，怕把妝給弄壞了。我這才知道她化了妝的。朋友多年，我居然從來不知道這個「祕密」。每次看到她膚色透明般的白裡透紅，修眉入鬢，嘴唇血色明潤，還一直以為那是「自然美」。我於是佩服起現代化妝術，真真是奪天地之造化。不像從前人，化了妝就一定讓你知道她用了多少化妝品。

我不化妝，就只塗口紅。不是不愛漂亮，是因為太會流汗，臉上吃不住妝。只要往臉上抹了點什麼，可能是封住了毛孔吧，不幾分鐘就開始汗如雨下，「粉流成河」，我覺得這是老天爺啟示我別把錢和時間花在「資生堂」和「蜜斯佛陀」（我們那年代的化妝品名牌）上，改而花在「九歌」和「洪範」（這是我們那年代的出版社名牌）上。後來比較會寫字，而比較不會化妝，跟我這張臉不爭氣有關。

有個製作人，大美女一名。到她家裡談劇本。一開門嚇了我一跳，以為應門的是她家菲傭。大美女素面的時候簡直……我必須要說：簡直就是「白紙」一張，平凡以及貌不驚人到了嚇人的地步。

後來我們開始談劇本，一邊談我一邊記錄。美女製作人開始化妝。那真是歎為觀止。她在臉上上粉，上完了把化妝水往臉上噴，噴過一遍之後，手持小風扇吹臉，頭上仰，要等臉上水珠乾掉。等臉上乾了，前述程序又來一遍，如是六次。這樣整下來，那張臉，不騙你，真的也「奪天地之造化」，晶瑩剔透，吹彈得破。我沒法理解為什麼塗了那麼多層粉之後，反倒造成一種幾乎透明般的白皙效果，這件事真的很神祕。年輕時看到的這個「化妝前，化妝後」的經驗讓我一生難忘。原來不用動手術整容，也可以「判若兩人」。

化妝一事，理論上是要增添美色的。至少我那個年代，就算把臉上化得紅紅白白，眼皮上一道厚而黑的眼影，或許「觀者」沒法欣賞，但當事人自己是認為可以增添美色的。但是現代人的化妝就完全是另外一回事。時常在捷運上看到十來歲的女孩，假睫毛一重不足，會黏個兩三重，厚厚一大片，感覺或會把眼皮給拖下來。站在面前的時候，她一眨眼，我就臉底生風。因為流行美瞳片，假睫毛底下有時會出現綠色或著金色的眼睛，真是十分之奇幻。化妝之於她們，我覺得不是「美容」，比較像扮演。從假睫毛到鑲了水鑽的美甲，全副武裝之後，她們就成為另一個人，是誰不重要，重要的是絕不是自己。

這是3D真人版的Photoshop。Photoshop被歸類為修圖工具，但是事實上，它的功能接近「變造」。被PS過的圖畫，相片，往往和本尊差距很大。我們在交友網站裡PS，在Facebook上PS，在微博上PS，自拍時PS，拍別人的時候也PS。我這幾年去照相館拍的登記照，每一張都PS過，我不知道他們為什麼要修片，沒有一張像我。有一次出國海關人員對照我和護照，因為看得太久，我就跟他解釋：我拍照的時候化過妝。當然沒有化妝，不過被PS成了另一個人。

現代比人類歷史上任何一段時期都更喜歡扮演。過去「扮演」是專門技術，現在扮演是日常生活。常常在報上看到大企業或公家機關在有活動的時候，大老闆或高級幹部要cosplay成影片漫畫或卡通裡的角色。在「變成別人」的時候，這些上位者，不管他本人原本如何的精明幹練不苟言笑，都會突然顯得笨拙和天真起來。

做自己是很累的。化妝（或扮演）帶我們逃離自己，暫時的成為不需負責的他人。

看電影

我總覺得電影很神祕。最糟的電影，裡頭也有一些超過它本身的東西。有音樂，有我們在真實生活裡聽而不聞的聲音，有我們時常看見，但是未曾被凸顯放大，以致我們永遠不明真相的畫面。

面對大銀幕，盯著一個男人的背影，他禿頭，穿白襯衫和黑色西裝褲。單調的鋼琴配樂滴滴答答的，清渺而零碎。這男人沿著房間中的走道慢慢移動，通過開啟的門和關上的門，他緩慢的，不像有什麼目的性，只是無所事事，走到了玻璃窗前。窗外正在下雨。這男人的臉跟窗外的雨成為一體，和窗框成為一體，和薄亮的透光的窗玻璃成為一體。他沒有表情，只是非常幽深的眼珠子，盯著畫面外，看見了一些我們永遠也無法看見的東西。

下一個畫面是雨中街道，圍了許多人，警車停在一旁，地面上，有人把白色塑膠布覆蓋下來，遮住了男人的身體，和臉。

他的妻子在警察局裡，警官遞過去一個信封，說：「你丈夫的遺書，寫給你的。」女人抽出信來看，只看了一眼，頂多只看到了抬頭和第一句，她就把信放下了。她說：「不是寫給我的。」她把信推回警官面前，又說：「不是寫給我的。」

不必看更多了。就這開場一小段，就可以想像出背後所有的事情。可以明白妻子想著什麼，丈夫想著什麼，他們之間發生了什麼事。而雖然死了一個人，故事沒有結束。觀看某個人的人生，你可以從任何一個段落切入，如果你已經知道整個故事的話。

人生無法像電影，就是因為我們總是看不到全部。就算已經蓋棺論定的人生，就算已經結束的一段情事。因為活在其中，因為跟我們有關。有時候很難感覺生命是連貫的，一切似乎只存在於片段中，許多的碎片；我們經歷過的，或者在想像裡決定要經歷的那些人生，像放在拼圖盒子裡的小塊拼圖，只是個別的，不成畫面的小塊。而我們自以為只要畫面拼起來，一幅巨大圖像，所有的故事都在，我們就會知曉一切。

在我小的時候，我們總是全家去看電影。事實上，任何要外出的活動都是全家一起。那應該是做父母（也或許只有母親）的某種偏執，認為一定要把所有孩子帶著才公平。但是我們家一共有五個小孩，那是規模龐大的負擔。且不提隨身帶著一群小蘿蔔頭會滋生的吵鬧，麻煩和困擾，另外還得多花錢。雖然小孩可以買半票，但是錢總是錢。

我們那一代的小孩（和父母）都精通逃避買票的伎倆。有能耐的可能翻牆走壁（像侯孝賢電影裡爬牆去看免費電影），比較安分守己的就得學會裝小。我們家，較大的兩個身高騙不了人，非買半票不可，介於免費與半票之間的老三，我的大妹，就時常需要縮得小小的，稍微低頭，裝作還不到買半票的歲數。她一直是我們家個頭最小的，就不知是不是這個遷就，內化成了對於身體的制約。

那時候我們去哪裡都走路。如果帶著五個孩子，一歲到九歲，那自是很難雲淡風輕的。兩位父母也不過就四隻手，我爸抱一個拉一個，我媽同樣，另外那個最大的（就是我啦）被規定一定要鉤住我爸褲腰帶，小碎步跟在他身邊。這時候就見出家庭教育的重要了。如果平時在家裡沒教好，出外的這段路程就大有可能雞飛狗跳，險象環生。小孩子很奇怪，似乎具有一種絕對不走直路的本能，且又（如果沒挨過打的話）異常自信，覺得他認識全世界所有的路，或是全世界的路都認識他，因之走在大馬路上總是如同在自己家裡一般自在，且又對世界之大全無辨識能力。如果放任自流，你絕對不知道他能做出什麼事來。如果不放任自流，平心而論，實在也不能斷定你會做出什麼事來。

我們家算是「教育」得不錯的。關於外出，我父母的教育方式是恩威並施。「威」的方面是告知我們小孩子多麼容易走失被拐帶碰到各種不可測的意外事件。而如果不謹慎小心的拉著父母親的手（或父親的褲腰帶），被壞人拐走之後，就會被賣掉。如果賣到馬戲團，他們就會把你變成狗或者猴子。「恩」的方面，他們保證如果讓他們好好看完整場電影，回來哄我們睡覺的時候，就會把電影內容講給我們聽。

不是懷疑小孩智商，不過我時常覺得：看電影大概也是得教的。有些人一輩子不會看電影，如果從未受過這方面的訓練的話。我有個朋友，每次跟她看電影，她就問：「誰是好人誰是壞人？」不騙你，她現在上六十了，有次一起去參加某個活動，她就問：「哪個是藍的哪個是綠的？」我想她一直在用看電影的方式看人生，反過來亦同，她也在用看人生的方式看電影。

我覺得小孩多數是「不會」看電影的，如果不是一出世就把他放在電視機前面洗腦的話。但是我們那一代生下來的時候，這一類的視聽設備根本沒有。接近電影的東西只有兩種，一曰「拉洋片」，另一就是漫畫。當然有所謂「戲曲」這種東西，但是那不在我們的世界裡。

所以，憑良心說，我們去看電影完全是為了孝敬父母。因為他們愛看。要不我們其實寧願留在家裡畫牆壁，或是把整月配給的炒菜油全抹在臉上，或身上，再把麵粉撲在臉上化妝，然後穿上母親捨不得穿的漂亮衣裳。

至少在我十歲以前，雖然有許多看電影的經驗，我一部也不記得，只記得母親後來轉述的故事。我母親說的電影，比電影院裡演的那些電影更精采。

看電影之艱辛困苦，習慣了在「家庭電影院」看光碟片的這一代絕對難以想像。首先，通常「一家人」（如果這一家矇半票的手段異常高明）有三到四個人是沒有座位的。霸占台階為座位（所以大人最喜歡買走道旁的位置）是天地至理，沒有人會責怪的。反是有人如果進場遲了，不得不把腳抬到胸口（一般是運動員跨欄時放腳的位置），跨過那些台階上的小人時，往往會引發撻伐之聲，甚至謾罵。

不得不說，對年紀小的孩童，看電影其實超無聊超乏味，且又帶有恐怖性質，不管演什麼，戲院全都得「關燈」。一片漆黑裡，膽子小的就開始哭了。因為大家都很有公德心，那孩子不會哭太久，立即有俐落的巴掌聲教導他閉嘴。但是，實話說，叫個三四歲的小孩在電影院裡熬坐一個半小時，差不多也就等於無期徒刑了。那種環境裡，黑不拉幾，面前大幕上一群人嘰哩呱啦說聽不懂的話，還漫漫無絕期，完全不知道能不能活到電影演完的時候。得體諒人家也不過是

「生存本能」，他們會一下肚子痛一下想吐，想尿尿想喝水想吃想拉肚子，想睡覺想挨揍……連挨揍都甘願了，只要別待在恐怖的電影院裡。

所以我說：看電影是要學的。

一天死了三次

日前遇到一位老朋友，聽他說了個「一天死了三次」的故事。

說的不是他自己，是一個年紀大的長輩，高壽九十八，差兩年就要百歲。活至耄耋，老人家身子骨不那麼健旺了，但是腦筋還很清楚，耳聰目明的，講點什麼事也都有條有理。所以這件事是真的，不是幻想，也不是年老昏瞶說糊塗話。

話說某個春日，老先生讓兒子攙扶著，去給亡妻掃墓。掃墓這天並不是清明，只是老先生的日常習慣。

他的妻已經過世多年。只要有空，他都會到墓園裡去找老伴聊天。說是聊天，當然是自說自話居多。通常兒子會陪著，預備了小酒，小菜；有時候只喝茶，在墓園的小涼亭裡，曬曬太陽，吹吹風，邊喝喝吃吃，邊跟那離世已經很久的老伴兒報告一下近況。

這天也一樣，兒子陪著他，在涼亭裡。與亡妻在生死茫茫間，悠然相對，一邊正飲著小酒，忽然人就厥過去了。

兒子喊了半天沒見他醒來，一試，連鼻息也沒有了。老先生已經九十八，覺得他大概已然大去了，但是不能不盡人事，連忙召救護車。可救護車還沒到，老先生悠乎悠乎的又醒過來了。

他跟兒子說沒事沒事，人看上去，實話說，也真的是一點事也沒有的樣子。兒子於是放了心，兩人繼續坐著，聊天，喝酒，對著亡妻的墓碑，然後，他忽然閉氣，又昏死過去了。

朋友在說這件事時，語氣平平，既不悲傷也不焦急。只是簡單的，幾乎是明快的在述說這個跟死亡有關的故事。那時候我們開著車走在山區裡，正午，四處輝亮，窗玻璃上映著白鑠鑠的日光，天色發藍，一塵不染，是很悠閒美好的景象。看著車子一路往上盤旋，觸目盡是滿溢著生機的高大的綠樹，叢集在山谷裡。天熱，車子裡開冷氣，但是窗玻璃讓陽光烤得溫炙，總之，所有的滿滿的生意充斥在四周，只是朗朗乾坤，光天化日。在敘說的那位老先生的生死故事，平滑得像一片紙，絲毫沒有陰寒或黑暗的氣息。

朋友繼續說他的故事，三言兩語就結束了，極簡單和平鋪直述：「兒子趕快打一一九，叫了救護車來，結果在救護車上，老人家又醒過來了。」但是因為不放心，還是去了醫院。在醫院檢查，沒什麼不正常，就除了實在是年紀大了，一些必然的老化現象。兒子放了心，至少醫院證明了父親暫時不會死，或者是還不到死的時候。

父子倆於是回家。進了家門，兒子服侍父親回房躺下，但是老人家一躺下去，就又昏死了。這次沒有叫一一九，因為兒子什麼也不知道，他只是掩上房門，替父親關了燈，以為父親只是又睡去了。

聽到這裡，我以為這是故事的結局，一個離奇的分段死亡的故事。但是朋友忽然開始說他半夜裡接到電話，正是這位老先生打來的。朋友說：兩個人聊了四十多分鐘。

我乍然間有點在聽鬼故事的感覺，繼分段死亡之後，這位老人家居然還可以從陰間來電話，並且還通話四十多分鐘，真不知道這種電話是從哪裡打的。朋友跟我解釋：「就在他家裡打的。」

老先生原來沒死。他昏死了一陣子之後，又醒過來了。於是打電話找朋友聊天。老先生說：「我今天一天死了三次。」

停留在「死」的那段時候，他說：「美得不得了。」

他見到了他已逝的亡妻，不是當年過世的年紀，變年輕了。而且就跟初相識時一樣美。他自己也回到了年輕時代，所以當年的熱戀情景全部重現。美得不得了。在現實世界裡，他昏死過去又醒回來，大概經過十來分鐘。但是這短短的十來分鐘裡，他在「死」世界裡待了很久。跟妻子重溫了年輕時的種種情節，兩人遊山玩水，活著的時候，他沒有做到的那些事，現在他全部補償給她。

這或許是夢是幻想，不過說實話，很難斷定，因為他一連「死」了三次，次次都回到了原先的情境裡去。在世間的彈指與剎那間，另一個世界裡是完整和豐足的時段，想要多長便多長，要多美就多美，要多快樂就多麼快樂。

老先生的這個「死」的經歷如此甜蜜美好，我覺得是反映著這位老人家的心地。我猜想死的面貌也是由我們決定的。如果死時懼怕，可能會有痛苦困擾，如果死亡時平和寧靜，一定也跟當事人對於死的想像有關。

要人不怕死很難。之懼怕，是因為我們對於死亡一無所知。現在關於死亡學的研究增加，宗教方面，也出了不少「死亡導遊書」，例如西藏生死書，度亡經，中陰救度等等。我不太信任廟宇裡通常有的「地獄遊記」或「天堂遊記」那種書，覺得太單一化。而且除了那些懲罰是永生永世之外，完全像人間，對於善或惡的定義也跟人間一樣。我總覺得：另一個世界理當有與現世不同的規則和標準。就像火星人「國」一定不會使用中華民國憲法。

雖然比較相信西藏度亡經或生死書的描寫，那真的是「一個新世界」。但是對於「天堂遊記」或「地獄遊記」，就算無法同意那些描述是真，卻也同樣沒法斷定那些是假。可能在死亡世界，也跟我們的地球上一樣，有數百個國家，好滿足不同的人對於死亡的獨特想像。也許在死亡這一塊，也同樣讓人各取所需。心懷罪咎的人，希望被懲罰，便到了但丁的地獄。而理直氣壯一生無愧，胸襟坦蕩的人，便可以回到從前，回到他挑選的，自己喜歡的那一段人生裡，永遠快樂，美滿。那樣的死亡，必然就是「美極了」。

大衛・伊葛門（David Eagleman）寫了一本書叫《死後四十種生活》（*SUM: Forty Tales from the Afterlives*）。這本書很有趣，大衛為我們想像了人死後的生活。他不談罪咎與痛苦，懲罰或補償，只是用「死亡是與現世不同的」這個概念來引伸。因此，對大衛，死後的四十種生活，我不能說它乏味無趣或難以接受，只能說開了眼界。他對於死後世界的想像，大體來說，就一個重點：「與生前世界不同，而我們必須試著習慣。」

他的「總和」一篇描寫死後的生活是這樣的：我們一生的經歷，在死後會被重新整理，讓我們再度經歷，只是方式有點不同尋常，「相同的事會聚集在一起，讓你一次經歷個夠。」

按照這個規則，我的死後世界恐怕是這樣：我會連續二十五年發呆，可能會變成石像，而花兩年哭泣（檢討之後，我發現我雖然很愛哭，但是哭的時間很短，大約都哭個兩三分鐘便結束），我顯然在這一生花了大段時間玩電動遊戲，因此死後就要一口氣玩七到十年，日日夜夜，連續二十四小時不能休息，因為我睡眠的時間還沒到。然後花五年戀愛，每時每分每秒想那個對方，花一年愛，花兩年怨恨，花八個月原諒，剩下的一年四個月思考如何毀滅他或者離開他。另外我還有大約十三到十五年要一一去重複我生命裡所有的無聊無意義不思不想就實施的奇怪行為，對的和錯的，以及後悔……

如果死後的世界就真的這樣……這樣累，我覺得還真是不能活得太長。而且不能活得專注，一定要做許多零碎的無聊事體，才會比較有變化。想像那些偉大人物，一生裡的重大事項就那麼幾件，完全不為無益之事。如果他死後到了「總結」世界裡，必須重複的重複的不停的把那些偉大功業一口氣做足。可能會瘋掉的。

因為大衛的死後世界裡有四十種類型可以挑選，我正在研究。要為自己找一個比較有趣，我比較喜歡的死後世界。

相信

前幾年直銷非常「興盛」的時候，身邊或多或少的朋友都在做直銷。因此被拉去參加過一次直銷大會。我去的那個階段年紀還輕（比現在年輕），人又忙，沒體會直銷這檔事的「優點」，不過現在回想，老人家閒著沒事，最適合的「娛樂」（你把那當工作也可以啦），其實就是做直銷。

直銷是一種貌似工作，而工作方式娛樂性十足的行業。所有誘人進入直銷行業的口號都是擁有多少下線之後，就可以什麼事也不做，錢財滾滾而來……喔，還是有事要做的啦；坐豪華郵輪參加金鑽級銷售商的頒獎儀式，或周遊全世界去對其他那些還在直銷業底層的人講述自己是如何從「和你們一樣」，逐步成為目前這種吃香喝辣的局面。

當然這些人物，金鑽白金鑽藍寶鑽級的人物少之又少，不過哪個行業不是這樣哇，直銷是金字塔事業，大家都知道金字塔頂上站不了多少人的。

所以，從事直銷行業，只要不想發財，便可以做得行雲流水，不至虧損太多。沒事找熟人或不熟的人出來喝咖啡吃飯，稍稍正常一點的人都會胡思亂想你是何居心，但是知道你做直銷的，居心昭然若揭，就一切好辦了。可以愉快的跟人喝下午茶，或者吃飯，聊東南西北，直銷的東西講一分鐘就好，對方只會感激你沒有硬性推銷，不會覺得自己了解不夠的。如果光線美氣氛佳，還可以順帶喝晚上的小酒，唱半夜的ＫＴＶ。以直銷之名，行娛樂之實，不會有人抗拒的，因為都覺得你是為了工作。

對於老人家，最難打發的就是時間，做直銷的話，來陪你殺時間的人簡直無窮無盡。如果臉皮厚一點，簡直就可以直接在捷運站出口攔人，告訴他你要「給他一個發財的機會」，這個台詞比什麼都有效，這是一位直銷老手告訴我的。

當然得花點咖啡錢或飯錢，可是哪種娛樂不花錢呀。而直銷的絕大好處是，如果碰到了不順眼的人，只要開始跟他推銷，他會自己閃人，趕都不用趕。

總之，我去參加了一次直銷大會。娛樂性之高，超過所有綜藝節目，因為直銷項目有減肥產品，所以有辣哥帥妹上台來露小肚露肌肉，讓人看他使用產品的成果。又有人來報告自己的悲慘過去，那些內容絕對是不會寫在自傳裡的。幾乎一個個都經過了比連續劇主角更為非人以及不堪忍受的遭遇，但是，他加入了直銷行業，於是整個人生改變，煥然一新，成為了自己從未夢想會成為的人。

直銷大會，基本上是激勵大會。整個程序和節奏，比任何演藝人員主持的晚會都要更精準更有迫力。整個會場的「溫度」是逐漸調高的，到最後，所有人都異常激奮，「終於」發現了自己的潛力，看見眼前無數條道路，無數個希望，不需要當真做什麼，那些成功者舉臂握拳向你保證「我能你也能」的時候，你就沸騰起來了！主持人說：「我做得到，你也做得到！對不對！」下面轟起一片聲浪的大海：「對！」「我能你也能！對不對！」他不是在詢問，而是在指示，於是台下歡呼：「對！」「你做得到！對不對！」「對！我做得到！」「再說一遍！」「我做得到！」「再說一遍！」「再說一遍！」「再說一遍！」全體唱歌一樣聲音越來越高越響：「我做得到！我做得到！我做得到！」覺得整個人要燃燒起來了。

每個人離開會場的時候都變成全新的人，感覺錢很快會從天上掉下來；也或者是美麗，是成功，是受人歡迎，是幸福，美滿，被愛，都會如同花雨一般從天上落下來！就算最最理智的人，也會在至少十分鐘內產生一種自己無所不能的感受。有些人維持得更久，久到成為最新的下線，直到一個月後任何東西都推銷不出去為止。

那天在會場上，有個「節目」讓我印象深刻。為什麼在一味激昂的演講表態中會有那樣的段落呢，隔的時日太久，真的想不起來「前因」是什麼。只記得主講人把觀眾叫到台上去，然後站在那個人身後，叫那個人閉上眼向後倒。他張開雙手，對前面的人說：「相信我。」那個人就閉上眼，身子往後傾，主講人接住他，說：「你可以相信我。」

這個行為，可能有某種心理機制，去相信一個陌生人的時候，內在的防衛會鬆開，人會柔軟。主講人在這裡使用，可能多少有操控的意志。但是重點是，為什麼這件事會有效呢？

我想是因為「相信」，或「信任」，是每個人心底的渴望。

講到「信」這個字，通常會聯想到「義」，因為「義」是這樣硬邦邦的，似乎有規範和限制，因之「信」也變得高不可及。似乎要有「信用」，要能夠被「信任」，或者去「相信」某些人某些事，是必須具備一些條件，或者在某種層次上的。但事實上，「信任」這件事是生活必需品。

我們生於世，唯一依憑的，其實便是信賴。對於周邊人的信賴，對於環境的信賴，對於世界的信賴。但是漸漸長大，信賴一分分消失。有一句話，據說是某個法國貴族說的：「我認識的人越多，我越喜歡狗。」

我覺得這是可悲的話。如果說話的人不是拿它當嘲諷之語，而是作為一種人生態度的話。這話裡便充滿了不信任。或者說，於他，所有的人都是不合他所要求的條件的。只因為其他人沒有狗的優點，他便永遠在一種不滿意中。把自己的人生搞成這樣一種不適合自己生存的狀態，我不太知道樂趣何在。我是無論如何總是喜歡人勝於狗，勝於貓，或其他動物，或植物的。雖然說「防人之心不可無」，但是那麼戒備的去提防人，並不能帶給我們安全感。越是提防，不論會不會真正有事情發生，在提防的當下，是沒法心安的，是自覺不安全的。

我們總希望周圍的人周圍的事是可以相信的。希望聽到的話語，見到的事實是可以相信的。「相信」保證了真實可靠，讓我們有安全感。

因為相信，我們才能夠託付。人生在世，沒有人不沉重的。我們自己生命的重擔，透過對於世界的大信，可以點點滴滴交付出去，之後融入眾生一體的大海中。便弭於無形。

遊戲人生

年過半百之後，便非常理直氣壯的開始耽溺電玩遊戲。因為據說玩遊戲可以防止腦細胞退化。沒有比這更好的「娛樂」理由了。所以每次忙著玩時，我總覺得自己是在作疾病預防，完全不會良心不安。

老年癡呆症學名「阿茲海默症」（Alzheimer's disease），目前研究出的成因之一是：腦細胞與腦細胞間的傳導被某種物質（有個很像食物的名字，「澱粉樣蛋白」）阻隔，因此那些無法跟外界「溝通」的腦細胞（多像被囚禁啊），就逐漸萎縮，壞死，而由那些腦細胞負責的功能，例如記憶，行動能力，分辨，分析，思考能力，便一一退化，終至完全消失。

基本上，腦的退化是無法防止的。但是腦袋很奇妙，退化阻擋不了，進化卻可以自行創造。在《讀者文摘》上看到一個故事：知名腦科學專家，父親中風後失去行動和言語能力。一般做法都是「復健」：設法讓病人「恢復」原有功能，但是這位專家反其道而行，完全不考慮復健，他只是把父親當作初生嬰兒一般，從牙牙學語和爬行開始從頭教導。（《讀者文摘》號稱雜誌裡的「每一個字都是事實」，除了笑話。所以我相信這個故事是真實的。）

專家放棄修復父親毀損的腦細胞，卻去開發新的腦細胞功能。兩年之後，這位老先生便能站能走能說話了。腦細胞是有自己進化的能力的，而最有效的進化腦細胞的方式就是學習新事物。

對於任何超過五十歲以上的人類，除非他是搞科技的，否則電腦一定都是「新事物」，所以學習和使用電腦，其實就是開發腦細胞最簡單也最快速的方式。當然電腦可以讓你學習的「新事物」非常多，正常的：可以架設部落格，上網交友。厲害一點的可以自己用電腦譜曲作歌錄了音po上網，或者拍V8，用軟體剪輯，自製「小電影」（short flim）。不正常的：可以化身駭客去給自己的銀行帳戶餘額後面加上一堆零；或者跑去名人的部落格後台，駭進電腦去下載一些（如果有的話）私用「豔照」……

電腦世界的公平之處是，比之現實世界，更加的「凡走過必留下痕跡」，凡「駭」人者人必「駭」之。有電腦高手告訴我，在電腦上（或網路上）的任何事都有「底」，就看人家要不要查而已。事實上，網際網路就是「天羅地網」。生活在現代，不管你願不願意，我們其實都在歐威爾《一九八四》中那位「老大哥」的監視裡。

生於現代，維護隱私是相對荒唐的事，我們只是假裝我們有隱私而已。街頭到處都有監視錄影，商店裡，建築裡，連去便利超商買東西，都有發票記錄時間地點。有身分證號碼你的資料就在網路連線上，只是沒人去查而已。與其為了「維護隱私」而東防西防，比較簡單的其實就是坦蕩蕩做人。如果沒什麼不可告人之事，你的隱私可能吸引力還不如礦泉水，則雖不去維護，卻一定可以維護住的。個人覺得這又是網路時代的一大好處，教育我們要光明磊落做人做事。

有時候覺得「玩」是現代一大特徵。人類歷史裡從來沒有哪個階段「玩」得這樣名正言順過。小孩玩大人也玩，小孩cosplay大人扮裝，商店裡賣的東西，一大半除了「好玩」沒有別的意義。一切都以遊戲為出發點。甚至「遊戲」還成了一種行業。打電玩可以賺錢，打麻將能夠揚名國際為國爭光。這種境界可是過去關起門打麻將還擔心被抓的年代作夢也想不到的。這是「昨日之非」成為「今日之是」的最佳例子。「政治正確」之不可靠，就是因為它時常在變的。

我玩的主要是「單機遊戲」，不上網連線。自己玩的好處是隨時可以開始玩，隨時可以停止玩。可能刺激比較少，不像玩連線的，有許多「意外之喜」或「意外之悲」。單機遊戲不會忽然跟你調情，也不會邀你出來網聚。對你耍的詭計或善意也不像線上遊戲那樣變幻莫測。而來源無窮無盡。各大遊戲網站都有六十分鐘試玩版下載，真是造福我這種超愛見異思遷的菜鳥級玩咖。我通常玩到卡死就不想玩了，於是換一個遊戲。而讓我卡死，說實話，還要不了一小時呢。

歌蒂韓在《大老婆俱樂部》裡說：「哇，我一上了跑步機，點子就源源不絕。」她在跑步機上想出了一大堆修理「前老公」的計畫。我也一樣，一玩起遊戲，就文思泉湧，想法一大堆。而常出現的是人生大道理。

或許真正的道理都是一以貫之的，在哪裡都一樣。遊戲裡的教訓跟真實人生一樣，只是代價小得多，如果玩「試玩版」，理論上更是一文錢都不用花。當然如果硬要扯上花了時間花了力氣，好像難以辯駁。不過時間和力氣一樣，反正是存不下來的。不「使用」的時候，這兩樣東西毫無存在感。我認為「時間」如果有知，一定會感謝我拿它來打電玩。並且同時領悟許多人生大道理。

除了得拚速度，或是需要搖桿或鍵盤的遊戲，由於運動神經不發達（從來也沒發達過），我不玩之外，其他的遊戲種類，我簡直是來者不拒。熱中過農場遊戲，蓋房子遊戲，時間經營遊戲，還有「祖瑪」，以及組合類俄羅斯方塊。這些遊戲都還滿容易讓人腎上腺素激生（對我），每次玩完了整局，都感覺自己儼然是印地安娜「瓊」絲，既有智慧又有勇氣。

這些遊戲雖則種類不一，「精神」卻很一致。簡直像設計者都共享同一個腦袋。通常出現「好康」機會時，其中必定有詐。而如果要拿「金杯」（最高分），就一定得按步驟來，沒有捷徑可走。只要一抄小道，必定落敗。這是比真實人生還殘酷的啊。

有一度我廢寢忘食的在拚「瘋狂農場」。設計者真狡詐到不行，要買「A」工具的時候，新工具會嘭地砸下來，把原有的「B」工具毀掉。兩種工具性能不同，要是沒計算好先存足夠的「B」產品，就得重買「B」工具，當然，是以毀掉「A」工具為代價。然後沒有「A」，就無法完成任務。然而你也不能存太多的「B」，會花太多時間太多錢。總之其中分寸拿捏，真比要不要投資基金緊張刺激得多，因為它立時見真章，數秒之內就判生死。

有一度我「迷戀」錢財入庫時嘩啦啦的聲音，拚命在賺錢，結果始終過不了第三關。所以一味盯著錢，其實正是「不成功」之道。我想所有成功人物都不是為了賺錢拚事業的。眼睛裡只盯著錢的，恐怕會提不起放不下，做不了大事。

然後一關破了，進入新關，真像一度輪迴，一切歸零，重新開始。虛幻啊虛幻。除了學到教訓之外，幾乎是身無長物的又進入這個廝殺戰場。玩遊戲，至少對我，是比任何生死現象更為無常，即現即化。最明顯的一點：無論你願不願意，時候到了就要結束，並且「生」不帶來，「死」不帶去。

夢二

夢二是日本大正時代的畫家與詩人，出生於一八八四年。原名竹久茂次郎，開始畫畫之後，改名竹久夢二。

鈴木清順六十八歲時拍了電影《夢二》。慕導演大名去看這部戲，看完極為失望，沒想到他對夢二竟然是如此解讀的。影片《夢二》不是在描述竹久夢二，比較上應該說他在拍一部「夢二風」的影片。但是他對於「夢二風」的理解實在是讓人啼笑皆非。影片裡許多畫面是活生生的夢二繪畫的構圖，夢二的幾幅名作，如〈黑船屋〉、〈女十題〉、〈長崎十二景〉，都「實景重現」，但完全不是那麼回事。

影片《夢二》除了對於「夢二風」的呈現是畫虎不成反類犬之外，我實在不知道他老人家怎麼想的，片中充滿虐待演員的設計：把裸女放在一鍋粥裡煮，跟隨蘿蔔青菜一起載浮載沉，看到那位漂亮女演員整張臉都被稀麵泥「粿」住，真的忍不住要想起約翰·屈伏塔的名言：「演員是二十世紀唯一自願的奴隸。」

另外，為了「製造」出竹久夢二式的構圖，他設計了許多抽象場面，演員必須擺出完全違反人體工學的姿勢。大約導演偉大到一個地步就會有霸凌演員的「慾望」，不然沒法解釋電影裡為什麼需要這些畫面。我敢賭竹久夢二絕不會喜歡的。就可惜片子拍的時候，夢二已經死了五十七年。身為名人，萬一還是赫赫有名的名人，偏巧又商業價值超高，通常都會變成「公共財」，人人都有從他自己的角度解說你，以及扭曲你的權利。

我上網「補習」影評，似乎這部片還是鈴木清順的名作，敝人天魔交戰五秒，就決定管他名不名作，我不喜歡就是不喜歡。我有多喜歡竹久夢二，就有多不喜歡影片《夢二》。

竹久夢二的底子其實是「女心」。看他的畫，會覺得他比女人更理解女人。他雖然號稱「詩畫家」，不過最出名的還是「美人畫」。大正時期的「美人畫」畫家其實不只他，出名的很多，包括上村松園、伊東深水、鏑木清方，這些人的畫多半工筆細描，人物白帕帕粉馥馥，人人都富麗堂皇，既優美又幽雅。但竹久夢二的美人畫不同。他畫中的美人總像是營養不良，甚且五官都還說不上端正，但是卻充斥一股難以形容的旖旎氛圍，似有不盡之情。

對他的官方介紹用「破碎感」形容他的美人畫。他畫中女性的確有一種脆弱到極點，以至於「不全」的感覺。他掌握到女性根底的不安全感，再再強大的女性，其深處都有一種無從彌補的失意。好像我們內在有個永遠的空洞。竹久夢二的畫中女人，嚴格說起來真算不上美，多半臉龐窄窄，鼻梁細細扁扁，眼睛更時常只有上下兩筆，中間框住黑幽幽的眸子；雖如此簡筆，卻充滿表情，有一種奇妙的溼潤感。獨獨眼神，就讓人覺得畫中人是美人。因為她那樣柔弱婉轉，似乎承擔不起世間一切。

他畫中的女人總是不快樂，無論站著坐者，抱著貓咪或牽著孩子，她們總是神色惘惘，像是生命中遺失了極為重要的東西。他的女人非常軟柔，沒有骨頭似的，線條猶疑，似是對自己存在於世充滿巨大懷疑，那種對於自身的不肯定，沒有把握，或其實就是竹久夢二自己對生命的感受，他轉嫁到了他的人物身上。

竹久夢二出身是商家子弟，父親是地主、議員和釀酒商，母系家族是開染坊的。這種充滿色彩和氣味的環境可能孕育了他的藝術敏感度，但是父親不贊成他學畫（正確說是不贊成他不務正業）。他是家中獨子，有義務要繼承家業。竹久夢二想學畫，為了能自由的繪畫，曾經離家出走逃到東京。後來讓家裡找到，父親要求他就讀「東京早稻田大學附屬實業學校」，目的依舊是希望他成為商人。夢二這時一邊讀書，一邊在「洋畫研究所」學畫。這幾乎是他和繪畫唯一相關的科班資歷。後來因為沒考上早稻田，父親震怒，斷了他的經濟來源。夢二不肯回家，在東京靠投稿生活。自然是不可能繼續學畫了，因此發展了自己獨樹一幟的繪畫風格。

剛開始接觸夢二的畫，會覺得他筆觸潦草粗率，幾乎像兒童畫。但是凝視著畫中人物，少頃，便會有一種奇異的憂思湧起。並不是巨大嚴重的悲傷，只是小小細細，淡淡的，較接近無可奈何。他的人物那種「既不是快樂，也不是不快樂」的狀態，很容易讓人想到存在主義的名言：「我活著，同時發現活著的不快。」

日本的大正時期，較著名的文學人物有泉鏡花、芥川龍之芥、夏目漱石、幸田露伴。獨從這幾位的作品中看，淡淡的無可排遣之哀愁，似乎不是大正時期的主流，為竹久夢二所獨有。而這種哀思，我覺得或許跟他對女性的歉疚有關。

夢二一生，所有曾經與他有過關係的女性，他總是有依依之情。第一任妻子「他萬喜」跟他都已經離婚了，夢二出書《春之卷》，依然在書扉頁上題道：「獻給分別的睽之人。」據說他萬喜一雙眼極美。對夢二，離婚不代表結束，兩個人還繼續糾纏了十年。「黑船屋」的模特兒笠井彥乃與夢二相戀五年後死於肺炎，當時竹久夢二三十五歲。這之後，他到任何地方，需要留名之處，他的簽名都是「竹久夢二，三十五」，以讓自己永遠停留在彥乃身亡的那一年來紀念情人。

他因為出了名，送上門的仰慕者不少。直到死前數年，據說是「身邊弟子無數」。不得不認為，身為「萬紅叢中一點綠」的夢二，不可避免，他的情人們必然都是不快樂的。而他自己的弱點是：曾經擁有了，就再也放不下。世間總是情深之人才傷人最深。而情之為物，太氾濫的時候，基本上是兩面刃，傷人亦傷己。夢二後來在四十九歲死於肺炎。

中醫認為五臟管五種情緒：「怒傷肝、喜傷心、憂傷肺、思傷脾、恐傷腎」。一個人如果心情常時鬱悶，肺一定不好。夢二和彥乃都死於肺病。彥乃跟夢二相戀時因為父親阻撓，完全是苦戀。而夢二雖然對彥乃舊情綿綿，事實上彥乃一死，他隨即也就有了新歡。他身邊一直有人，但是仍然「憂傷肺」，跟他拿得起放不下有關。看來專情一事，不但是愛情道德，也是養身之道哇。

孤獨電視台

兒子介紹我看一個網站。說是：「在這裡可以看到別人電腦螢幕上的畫面。」

我聽不懂？在想別人電腦螢幕有什麼好看的。而且，為什麼有人願意給別人看自己的電腦螢幕呢？那不是等於公開自己的隱私嗎？我是絕不願意被人知道我成天坐在電腦前是幹什麼的。但是兒子大力推薦：很好玩很好玩，並且立馬在我電腦上開出網頁來「逼」我看。

這網站上用戶還不少，剛打開，跳出來的是兩個年輕黑人並肩坐，正哇啦啦講什麼。兩人都穿棒球衣戴棒球帽，左下方有個小方塊，正在播球賽。他們好像在做球賽講評。講一講，左下方的球賽畫面放大，讓人直接看。

因為是首頁上的節目，應該是當紅的吧。仔細聽，才知道這兩位不是什麼球評家，只是坐在電腦前面，讓Webcam「自拍」而已。

兒子說這頻道，主要是看別人玩線上遊戲。「你不覺得看別人玩遊戲很好玩嗎？」尤其那些高手，打起怪來攻勢凌厲，跟看動作片沒兩樣。然而，跟看卡通或影片大大不一樣之處是，這位玩遊戲的「頻道主」在打怪時，會「實況轉播」他當時的心情，或者咒罵或者取笑或者喃喃自語，甚至打到一半自己罵一聲「幹」，然後說憋不住了。原來他得去「放尿」。除了頻道主自己很有臨場感，播出畫面旁還有個小視窗，讓觀看這「節目」的「收視群」可以發表意見。

把捲動視窗拉下來，可以看到一群七嘴八舌，有人評論技術太爛，有人為剛才那一招打錯對象扼腕，也有人順便插播廣告，建議大家去看另外一「台」，還附上連結。那些不知怎麼合上頻率的人，則在眾人的唇槍舌劍中悠閒的聊張家長李家短。自然也不乏色情小廣告：「清純萌妹小愛，希望給哥哥你一段美好歡愉的回憶。」以及：「真真真！真正名牌！海關水貨！一折出售！」

這網站叫做Justin.TV。只要開了帳戶就可以跟別人共享自己的電腦畫面。某方面來說，等於搞了個「個人電視台」。只要電腦開著，「節目」就在播出。內容五花八門，真比無線加上有線台還要豐富。

我後來沒事就上網去看，雖然多數是玩遊戲的「直播」，但也有人播卡通片或歐美日影集影片，以及韓國日本綜藝ＭＴＶ。也有人直接「轉播」本島各電視台節目。某些「台主」還煞有介事的打出「節目表」，預告自己的節目會在哪個時段播出；特別「有理想有抱負」的，還仿真實世界，一口氣開他好幾台。我看到一名「大腕」，一共開了六台。猜他大概是開網咖的。顧客上門玩遊戲就可以開始「直播」。

網站上有觀看人數的標示，極熱門的也不過兩千人上下，人少的，就直接是個位數。看來不大可能有商業價值。然則為什麼有人要來這裡跟大家分享他的電腦螢幕呢？我以為是孤獨的緣故。

我會上網去看，多半是自己半夜寫稿，寫煩了，於是想去「看看別人在幹什麼」。當然Facebook或推特也有這個功能，不過不一定是「現場」。在Justin.TV，只要有畫面，用戶一定在線上。那是一個「永遠有人在」的地方。

有時候不只「有人在」，還會聽到頻道主那方的動靜。他可能正在和人同時用「即時通」談話。也可能只是屋子裡有其他人，一群人便你一言我一語，講些只有他們自己熟悉的人物和事情。我有次聽到兩個人在用生硬的英語聊天，可以確定是「不同國」的人，因此只能使用不算流利的第三種語言。又還有人直接在跟人ＭＳＮ，雙方字句一行一行落落而下，全都公開在螢幕上，這至少表示他不在乎（或根本希望）被觀看。

關於人的本能，哲學家說：除了生殖本能，還有個「求見知」的慾望。幽蘭可以靜靜開在山谷裡，既不求被看見，也不在乎是不是被看見。但是人不一樣。我們總希望「被看見」。有人慾望大，希望被全世界看見，然而再如何安靜退避的人，也總還是希望能夠被自己在乎的人看見。似乎不透過他人目光，我們無法確知自己活著，或存在過。而現今的網路世界創造了這種弔詭，我們在網上言語無忌，那是既知覺著被觀看，又有種似乎沒有被觀看的安心感。我們出現之時，也同時隱藏。

注視與傾聽這些頻道，當然不能否認多少有偷窺的感受，但是仔細想想，這個人到底在世界的哪個角落都還不一定呢。對於這個，只以「人」這個符號被認知的對象，除了知道他和我同樣存在於世，又在此時此刻清醒著，其餘我一無所知。那麼，傾聽與他相關的訊息，與其說是偷窺，不如說是相濡以沫。

一次看到有人在玩我自己也玩的某個遊戲，於是點進去看。這人點閱數根本是零，我一點進去，數目跳升為「1」。猜想對方也知道有人來了，他先是問一聲：「你來看我打怪嗎？」之後，不等我回答，開始自動做「實況轉播」。講直接點，就是自言自語，他對自己說，但是也同時意會著某處有個觀看和傾聽的我，他講述他的每一步動作，解釋為什麼他要這樣做。又，猜是為了製造出他以為的娛樂效果，不時邊說話，邊吃吃發笑，並且用奇怪的聲音做音效。偶爾帶幾句跟遊戲無關的心情：「肚子好餓，為什麼半夜很容易肚子餓？」「我也知道熬夜習慣不好，可是我改不掉。」

我覺得非常難受。這個人的孤寂把我整個壓倒了。他可能是任何年紀，任何職業，任何身分。但是，不管他是誰，我所知的，便是：此時此刻，我竟然成為全世界唯一關注他的人。我實在不想留在這裡，但我也沒法離開。他在做一個獨獨為我而籌畫的演出。雖然非常非常不精采，但是我不能離去。茫茫宇宙中，我覺得我就像太空中唯一的訊號，我並不說話，無聲無息，但是那個點閱標誌上的「1」證明我在。

我一直等，等了好久，直到忽然出現了其他人。點閱率這時跳成「3」，我迅即閃人。

孤獨可能是二十一世紀最大的問題。世界從未如此擁擠卻又如此孤獨過。網路發達，說起來世界是更小更近了，但是雖然無處不是人，與我們卻不真正相干。我們寫部落格開臉書發微博寫推特，彷彿了解著別人，也隱然覺得自己彷彿被人了解，而其實是虛相。正因為有這種美麗想像，卻反而對照出我們的現實益發孤寒。

看

朋友說：我現在走在路上，都沒有人看我了。

我聽了詫異。我自己是那種到哪裡都無聲無嗅的人，知道不被注目的優勢，也享受這種好處，所以無法明白那種「沒有人看我了」的惆悵感。當然純粹從「知識」觀點，我理解「沒有人看」的意義，但是在情感上，我體會不到她的失落。

她跟我年紀差不多。老年人被「看不見」，我覺得是天地至理。我自己有時在街上東張西望，也並不要看老年人的。美麗的老年人很少，此其一。美麗的老年人和年輕人放一塊，還是不如年輕人悅目的，此其二。老年人要「被看見」，通常得有名目，例如成為敬老節的表揚項目，或者因為功業或名聲被介紹；以及，因為醜聞被抓出來的時候。然而我也相信，做為街頭風景，就算面前站著郭台銘或蔣方良，也不會有人多瞄一眼的。

忘了在張愛玲哪本書裡看到的一段話，說女人上了年紀，顯不顯老，主要在於心態。不顯老的人，多半是因為還沒放棄。

不放棄什麼？或許是某種可能性，而身為女人，念茲在茲的，至少在張愛玲那個年代，任何一種可能性，都跟男人有關。維持著容貌或體態，是因為內心深處，無論已婚未婚，無論有無伴侶，都還覺得「下一個男人會更好」。當然，有沒有實際行動是另一回事。不過，維持住對男人的吸引力，或說：維持著對於男人的興趣，可能就是某些女人得以風韻猶存的道理。

從這個角度看，我的朋友就是還沒有放棄的人。她可能生命力比我強吧。不過我還是搞不明白，為什麼要顯示老當力壯或風韻猶存，都還是以對異性的吸引力為指標呢?

不過話說回來,體態或容貌是可以量化的,美麗的體型有標準值,三圍數字有一定比例。臉孔也一樣,美麗的相貌,五官的間距要合於黃金律,並且左右對稱。美麗有數字可以計量,然而我們不可能站上體重機或拿皮尺量量,就知道自己的智慧增加了幾公斤,或者內在成長了幾吋。要對那些沒法看到的東西認真是很難的。

女人要美,得十足意識到外表。男人正相反,要不在乎。女性美在收斂,而男人美在大開大闔。瀟灑一詞若放在女人身上,通常不是讚美。而男人若對於外表太有自覺,再是五官周正相貌堂堂,總有一點彆扭。男女的這種分際,在兩名紅到現在的性感偶像身上,表達得再明顯沒有。女的是瑪麗蓮.夢露,男的是詹姆斯.狄恩。

兩個人都有不少照片傳世。詹姆斯.狄恩最帥的照片,都是他完全目中無人的時候。他許多照片是在片場休息或是跟友人聊天的時候被拍的。他總是癱在椅子裡,或著歪靠在牆邊,要不就叼著一根菸斜眼看鏡頭。在他的年代,沒有明星這樣子拍照。大家都四平八穩在某種規格裡。然而狄恩的狀態很像是「隨便你拍」，他並不關心自己被拍成怎樣，且也不大看鏡頭。他只是做他自己的事，視拍攝者為無物。

而夢露相反。媒體曾經說過夢露照片之誘惑性，是「就像她在和照相機做愛」。她盯著鏡頭，無論是笑容或眼神，都像是某種詢問。帶著討好和諂媚，她要鏡頭喜歡她和愛她，那詢問因此便是提醒和勾引。提醒你注意她可以多麼美，並且又承諾那是為了你，因為你的注視。她是這樣明顯意識到「他人」，幾乎喪失自己。

夢露的照片，就算是看似最無意識的相片，依然可以感覺她明白自己被注視著。她的美，很大一部分來自於這種自覺。她的姿態，表情，反應著觀看她的人，而她的動人處，便在那種心情，她在乎你她介意你，她的存在是因為你，而且，她需要你。

女人要美，要意識到對象。不被注視，或許，在某些人，就等同於失去了美的動力了。

「沒有人看」其實是人生的常態。一般人，如果真的很「一般」，並不特別美也不特別醜，沒慾望去驚人，也沒慾望去嚇人，行走世間時，就不太會有「鎂光燈」和「探照燈」照著。腦袋上以及周身沒有光圈籠罩的好處是，你也不需要它。而光圈終會失去的，跟你做了或沒做什麼無關，只是人生程序如此，擺脫了「有人看」這件事，其實比較可以開始誠實面對自己。為人在世，有不少事情是要「做給人看」的。不必「做給人看」的時候，真正重要的，才會浮現出來。

看賈伯斯傳記，我覺得最不可思議的，其實是他對於這本書的態度。作者華特．艾薩克森特地在前言裡提到，賈伯斯完全授權，告訴他「想怎麼寫就怎麼寫」，出版前完全不看也可以。賈伯斯說：「這是你的書，我可以等出版後再看。」書是他死後出的，我不知道賈伯斯到底有沒有看過這本傳記，不過我想他也不在乎。

這態度不單是對於執筆者的尊重，更重要的是顯示了賈伯斯的自知程度。他是與自己和解的人。接受自己的好，也接受自己的不好。接受自己的成功，也接受自己的失敗。他妻子羅琳說得好：「他的人生和個性有些部分很糟，但是他的確是值得寫的人。」賈伯斯最珍貴的部分，不在他的天分和事業，其實就只是他真實面對自己這一點。

不可思議

紀曉嵐在《閱微草堂筆記》裡寫了不可思議的事。我大約三十年前讀的，印象太深，記到現在。

有一則是說鄰家養的雞不知怎麼腳斷了。這隻雞還沒長成，要殺來吃太可惜。但是腳又斷了，估量也活不了太久。

院子裡一群人蹲在地上，圍著那隻半大不小的雞在你一言我一語……那畫面可能很像豐子愷的庶民畫，且也可能是黑白的。故事發生的時代是清朝，距今三百多年前，有顏色也已經褪了。總之，在緊要關頭……我想像那隻雞兩腳縮著，瞇眼躺在地上，早已經認命，知道自己八成再過個十來分鐘就要讓人扭斷脖子，之後跟生薑蒜頭大蔥為伴，成為晚餐桌上的「小」餐——因為還長得不夠大。

這時，忽然有個旁觀的人說話了：「我知道有個偏方……」

這個偏方是餵雞吃鐵砂。據說吃了鐵砂斷腳就會復原。反正試一下也沒什麼損失，於是雞的主人就給雞吃了一點鐵砂。之後放回籠子裡去，以觀後效。剛開始看不出來，因為雞還是歪著腦袋躺在籠子裡，也不吃也不喝。但是三天過後，這隻雞忽然站起來了。之後便如常飲食，就像那隻腳從來沒斷過一樣。

紀曉嵐聽了這件事不大相信，於是跟鄰居把那隻雞買來殺了吃，廚師料理的時候，剝下雞腿肉，發現腿骨的中段有一道黑圈箍著。拿下來發現是一個小鐵環，而箍著鐵環的這隻腿，就正是雞當初斷掉的那隻。

紀曉嵐寫這本書，完全是田野調查的態度。有消息提供者，有人名有地點，甚至偶爾還有精確的時間，標明所述種種，「絕非虛構，純屬事實」。這所以我「小時候」（相對於現在），對書裡的內容一概深信不疑。萬一身邊有人斷手斷腳，我可能還真會讓他吃點鐵砂，只是「驗證」有點麻煩，又不能像殺雞一樣，把腿肉給剝開來看……幸好我是寫小說的，否則我的科學精神大約要讓我上社會版。在我內心最最最最黑暗深沉的角落裡，我有時認為那些變態殺人魔有可能是另類科學家，只是他們的白老鼠是人類。

一般看法，似是都把《閱微草堂筆記》當志怪小說，和《聊齋》一樣。書裡記的不是神就是鬼，不然狐仙。過去的筆記小說裡，狐的故事特多，隱然是人類社會中的第三種「人」。他們生活在人間，不但人模人樣，而且遵守人間的人情義理。狐與神鬼不同，狐是想成為人的，至少是「類人」；而神鬼是「曾經」為人，只是死後有人上天堂有人下地獄。筆記小說裡的狐多半有一種傲氣，很少遮遮藏藏，大半都公開自己狐的身分。他們比一般人聰明，比一般人漂亮，又有法術，且還比一般人道德標準高。我在看《閱微草堂筆記》時，對那些狐深深著迷。動物星球裡從來沒說過狐狸有高智商，不過筆記小說裡的狐都聰明得不得了。可能這兩種狐並不是一類。

《閱微草堂筆記》裡另一則奇文，是講傳說某日是「天地交合之時」。這一天晚上在院子裡掛上白床單，第二天就會看到床單上有血。這件事我當時看了就決心要來驗證一下，反正家裡白床單很多，不過隔一陣子就忘了天地交合日是哪一天，因之始終沒驗證成功。「天」「地」竟能「交合」，真難以想像那是個什麼情狀，而且假如許多人信了這事，都在家裡掛起白床單呢？那麼「天」「地」是「到處」去交合，以留下「到此一遊」的證據，還是天女散花一樣，把「證據」到處亂灑？

這是我現在寫這段忽然想到的。總之，傳說很美，但是通不過邏輯檢驗。不過也許是記錄者錯誤，你怎麼知道「天」「地」是如何辦事的？

我看《閱微草堂筆記》也三階段，第一階段是完全相信那是真的，第二階段開始懷疑是編造，第三階段又開始相信那些有可能是真的，至少部分為真。限於當時人的智識，他們或許「不知道他們看見的是什麼」。

想像一下如果唐朝或宋朝的人來到現在的西門町，看見圓環上播放電影預告的「大電視」，他們一定認為這個世界真的有巨大的人活在高處。也或許認為我們的世界有兩「層」，一層是在地面上的我們，一層就是在高處的那些影像。

我猜他們沒法判別影像和真實的差別，畢竟，在他們的時代，沒有「活動影像」這種東西。他們或許會認為那些影像比我們「高等」，因為比較美比較大比較「高」，而且下面的人時常「仰望」那些影像。

我們都是用我們的理解在解釋事物的，而如果我們的理解裡不存在我們所觀看的那個東西，那麼只能用現有的字彙來形容或描寫。

丹尼肯（Erich Von Daniken）曾在《諸神的戰車》（*Chariots of the Gods*）解釋《聖經》，他認為許多《聖經》裡對「異象」的形容，其實都貼合目前的某些科技。聖經時代的人「不知道他們看見的是什麼」，因此覺得那是神蹟。而事實上，奇蹟不過是「高科技」。他由此下結論：「上帝是外星人」。我們盡可以不贊成他的看法，不過不帶偏見來看的話，他還的確言之成理。

紀曉嵐在《閱微草堂筆記》裡寫：「天地之大何所不有，幽冥之理莫得而窮，不必屈為之詞，亦不必力攻其說。」對於不可思議，究其真假，或定要還其道理，其實滿無趣的。在我們身邊安放這許多不能解釋奇妙且奧妙的「不可思議」，不過是要我們開放心胸，接受這個娑婆世界，「一切都是可能的」。

無意義的意義

《攻殼機動隊》是士郎正宗的漫畫。我會看它是兒子介紹的。有時候不帶偏見去看小孩們入迷的東西，漫畫也好，電玩也好，會發現不是我們想像的那樣。一般被目為淺薄簡單，純為殺時間的漫畫或電玩，裡頭也會出現非常深刻的東西。

士郎正宗在日本漫畫界是天才和怪胎的綜合體。他的「攻殼」是二十多年前的作品，不過現在看起來一點也不過時。尤其對於未來世界的描繪。雖然現在，因為許多科幻片的「教導」，對於科技超乎尋常的未來世界，一般人多少都有些概念，不過，跟士郎正宗的漫畫對照，就覺得電影的描寫是「說明書」，士郎正宗的才是「正史」。

在描繪未來世界的精密度上，他簡直是外星人。漫畫裡，為了準確傳達未來世界的某些狀態或特殊科技，繪圖之不足，還加上一堆註解，東一個框框，西一個框框，然而還是意猶未盡，於是氾濫到畫頁邊框上，還擠得密密麻麻的。非常之傷眼睛。因為字都小到不行。我幸而是三十來歲時看的，現在視力不行。要是現在看，大概看不到三頁就要放棄了。

我看「攻殼」之前，對於未來世界的想像多數是科幻小說裡的。從文字想像畫面，本人資料庫裡只有《科學小飛俠》、《無敵鐵金剛》之類，以及《神機雷鳥號》、《星艦奇航》。那年頭，科幻電影和電視都非常少。看到士郎正宗，簡直目瞪口呆。他的漫畫，有如物理教科書，不但有機器的設計，一些奇怪的元素或礦石名稱（好像都是他自己發明的），還有未來世界的社會結構，典章制度……當時看，只覺得此人不是外星人就是瘋子。一般人是不可能有這樣不正常的想像力的。而他描繪的畫面，極為詭奇，又極為瑰麗。那樣仔細，並且鉅細靡遺，完全顯現了他對自己創造的未來世界之概念的完整性。當時還看木城幸人。他的《銃夢》剛出了中文版。覺得大友克洋的科幻比較超現實，對於未來的種種想像，完全是概念。讓我覺得他所憂慮或創造的那種未來，或許不會發生的。

而士郎正宗就很「寫實」。他構造出的那個世界，有時真的讓人覺得不知如何是好。完全是異世界，雖然被描述為我們的未來，但是毫無任何已知現實的影子。難以想像是由我們的「現在」進化成的。倒像是世界末日毀滅之後，某個外星種族帶著先進科技來重新建設出來的。

最近看了《攻殼機動隊》的三部電影版，都是押井守導演。「攻殼２」我最喜歡，因為畫面最華麗，音樂也美。有點好奇為什麼只有這一部才有這樣富麗的效果，其他兩部都沒，不都是畫出來的嗎？應該跟製作費沒大關聯吧。

「攻殼」的音樂很棒，從第一部就很棒，似神界又似幽冥之聲，帶金屬性，都不似人聲。超適合未來。而「攻殼」電影裡所呈現的未來，讓我覺得某些東西似乎被「進化」掉了，或許已經在未來人類的ＤＮＡ中失去。那就是無意識行為，或者說「無意義行為」。

我自己頗喜歡所謂的「無意義行為」，覺得人在那種狀態時很純潔，因為在絕對的放鬆中。不在未來也不在過去，不為了未來也不為了過去，那狀態時的所作所為，思考或動作，存在一種暫時感，出現迅即消逝。非常之「臨在」。（「臨在」是張德芬翻譯《一個新世界》裡「發明」出的新字眼，一般翻譯成「當下」。不過我後來發現「臨在」更為明暢好用，超過「當下」兩字。）要說的直捷一點，那就是「白癡狀態」。

「攻殼」裡的人都非常有目標有理想（或許因為是九十分鐘動畫，時間不夠表現他們的白癡狀態），義無反顧的往自己的目標衝去，或義無反顧的向自己的死亡衝去（我是說那些「被害者」）。相較這種高密度人生，我們活得實在太不嚴謹了，我們的人生裡充滿無數無意義的碎片，事實上，大有可能是這些無意義碎片組成我們的人生。我們做許多毫無意義的事，許多在當下看來不知所云的事，一定要等到時間過去之後，這些無意義連串成線性，積累出分量，才開始理解，在我們的人生中，這些事扮演了什麼。

有點像莊子說的「無用之材，方為大材」……莊子的本意當然跟我現在的「新解」不一樣，他的是「反達爾文」定律，優敗劣勝，「好東西」往往會很快被好朋友分享掉，所以能長成「大木」的，都是大家看不上的東西。但是我的新解是：最不重要的，最無意識的「某些」，可能是最有意義的。

就像偶爾的白癡狀態，人全然「趴帶」，彈簧鬆了發條鬆了，人癱軟和不負責任成一團泥……八拉八拉……忽然發現我這麼愛用「八拉八拉」不是沒有原因的，試把「八拉八拉」連續說上十分鐘，很容易就陷入白癡狀態了。

想寫這些，是因為看「攻殼2」時，有些情節讓我不解。故事內容是某工廠製造的一些機器人會把他們的主人殺掉，之後自殺。男主角巴特去追查。有一處現場，坐著一個非常妖異和色情的美少女，穿著和服，但是衣服沒合攏，露著白白的胸。

巴特把她抓起來往牆上摔去，之後叭叭叭一陣亂槍掃射……美少女躺下來死去。死前她垂闔的眼忽然張開，非常漂亮，美麗的，純淨的藍眼睛，之後她看著空間，兩手扒開自己的胸，畫面上皮膚如橡皮似的被扯向兩邊，之後被拉扯撕裂，露出內在的機械，同時臉上便啪啪啪崩解，機械臉上所有的零件彈開來，五彩繽紛，各種顏色都有……很奇怪，非常……非常瑰麗和醒目的死亡。

我後來想，在機器人自己，需要把自己整得這樣支離破碎嗎？於影片當然是有意義的，要讓觀眾知道，男主角沒有濫殺無辜：「看啦看啦我其實殺的是機器人」，但是在機器人自己，啊死都死了，以人的形狀或以機器的形狀被毀滅，有意義嗎？

這件事頗為干擾我。想了好久。總覺得導演這樣安排，應該是有點意義的，應該是有點什麼的。應該是……。

追尋意義好像是只有人類才有的毛病。至少是我，就是很難接受「無意義也是一種意義」。但是，或許「無意義」就像是談話中的靜默，畫中的留白，圍繞一隻鶴的雞群，是來彰顯一切的「有意義」的。「無意義」是一切行為和思想的底色，它只是在那裡，無須表白。

阿基佑

有一年夏天，和小孩到龍潭朱天衣的「甯園」去玩。

這地方差不多可以說是看著它「長大」的。最初只是一片布滿碎石塊的山坡地，野草野樹叢生，天衣老公王榮琪整地就花了一年。

榮琪是我認識的人裡最奇怪的。他是ＩＣ高手，本質卻像農人。前頭天衣的幾個居處，榮琪都徹底改造，從天花板的燈到窗戶到拉門，一律重新裝設，雖然房子只是租來的。所有曾經「被」他住過的房子，他都會在院子裡種果樹，我在那些不同的市區公寓房的小院落裡吃到過檸檬，金桔，甚至還有桃子，完全不知道他是怎麼種出來的。有些人好像跟土地有特殊交情。土地聽他的話，而且願意照他的意願，「變成」他希望的樣子。

這是神祕的契約，顯然非得當事人與土地「面對面」才能成立。所以榮琪的整地，其實也非常的「榮琪化」，就是又給他徹底改造啦。天衣的說法：每天只要工作一忙完，榮琪就開著他的卡車到山上去。兩人都忙，其結果就是住在一間屋子裡，卻幾乎有一整年見不到他。

整地這事，其實很可以找怪手三兩天搞定。但是據說這個那個的理由，使榮琪「不得不」親自下手。而我會覺得，理由只是理由，真正的原因，只是他愛那片土地。

整整一年，他在山上挖石頭搬石頭砍雜樹拔野草，有時忙到月亮出來。那一年，榮琪的「外遇」對象就是這整塊地，他用自己的手和腳探索撫摸過整片地界，每一塊土上都留有他的指紋。小石頭扔棄，大石頭留下來，最大的那一塊則成為甯園的地標。

他在這裡重新種了圍籬，挖了池塘，搭了花架，蓋了主屋，以及貓舍狗舍，在庭院中心的那棵老樹上吊了鳥籠，掛起鞦韆架。這是他自己從無到有「變成」的家，完全依照他的構想他的意願。外人只看到「吾家有女初長成」，只有天衣和榮琪才知道醜小鴨是怎樣變成天鵝的。

我到甯園的那年，甯園還在「少女時代」。是已有規模，卻仍然帶著清鮮感。園子裡栽了梅樹梨樹桃樹和蘋果樹，當然也有檸檬，俱結著小小的青澀果實。花架上的白玫瑰一路攀藤，竟在池塘邊鋪了一地。我實在不知道他們是怎樣種成的，似乎是違反植物天性的。而後院裡有天衣的香草園。天衣穿著長裙，在草與草間行走，裙襬沾染各色香氣。她摘了薄荷，迷迭香，薰衣草，紫蘇與香茅草泡茶。在主屋裡，我們坐在陽台上，喝香草泡出來的茶，茶色是薄薄的青綠，微微反映一點金黃。屋子外風涼，雖是夏季，並不熱。據說晚上氣溫更低。

後來帶孩子又去一次，那時候，甯園「成熟」許多。天衣和榮琪又撿了許多流浪貓狗，加蓋了貓狗的「宿舍」，貓狗現在住的地方比他們自己住的地方大得多。

坡地走下去是一條小溪，溪面看似很淺，不過下雨的時候會暴漲三四倍。溪床上橫著大石頭。下到溪床。整個周圍完全陰涼起來，都不像夏天。兩個兒子直接脫了外衣，穿了內褲下去涉水。我和女兒則在岸邊提著裙子，努力要在滑動的溪水中穩住腳。這時候就覺得：做女人真是有諸多不方便啊。

玩得盡興之後，回到主屋。小孩們累了，抹乾身體之後就直接呈大字躺在地板上睡著了。我和天衣坐窗口邊喝茶。窗外是遠山，濛濛的青綠，近處有白花花的茅草叢，再近處是低矮的稻田。忽然遠遠的山邊起霧，那霧氣似人一般，直騰騰探頭探腦而來，它掩過了山腳的綠樹，掩過白茅草，掩過稻浪，停在窗口。那巨大的，有形有體的霧，在玻璃窗外與我對望。之後，慢慢的撫上來，使所見的一切模糊，卻又若隱若現。大霧替窗玻璃罩上了輕紗窗簾。

那樣美的地方。結果天衣和榮琪把這塊地捐出去了。

聽聞兩個人做出這等傻事，簡直就想帶他們去看精神科醫師，或者，至少也要拿榔頭敲他們的腦袋。我問：「怎麼捨得呢？」

天衣說：「非捐不可。」之後，兩個人靜默。

那無語的幾分鐘裡，想必亦有山嵐的景象從他們腦海裡飄過，有遠處的山，近處的稻田。烈烈夏日裡玫瑰的香氣，果樹下溼潤的清涼。他們已經住了十年，從一塊荒地開始整理，投注了物質和精神能夠投注的全部。甯園不止於是一個家，我深信亦有他們的精魂停駐。然而，現在，這個地方，已經不完全屬於他們了。

天衣說：「當然會捨不得，有時候想起……」榮琪接話說：「可是，非捐不可。」

地捐給原民會。因為兩個人現在為原住民的土地權益在抗爭，心態上覺得應該把土地還給原住民，雖然地是當初花了錢買的。而一路從去年抗爭到現在，是因為阿基佑。

阿基佑本名楊清賢，阿基佑是他的原住民名字。我沒見過阿基佑，只見過他的房子。那時在天衣家，天衣指著窗外，在芒花浪的白灰與稻田的青綠之間，有一個小小的，幾乎像玩具的房子。天衣笑說：那是我們的鄰居。

這個鄰居，在那時還不知道名字，只知道是原住民。他在稻田中間自己搭了茅草屋，自耕自食，偶爾上山打獵。人曬得黧黑發亮，高高像一座塔。他不跟任何人講話。平常就待在自己的茅屋裡。天衣最初以為他是流浪漢，好心的地主讓他在自己土地上搭建茅舍。後來發現他就是地主，整塊土地都是他的。

阿基佑最初住在鎮上，但是他選擇離開，在自己的土地邊上蓋房子獨居，之後，似乎是覺得那地點離人群還是太近，於是一路往山裡退，最終到了幾乎全無人煙的山腳下，離最近的鄰居，天衣一家，幾乎也有數公里遠。

阿基佑不愛說話，不喜歡跟人接觸，但是他有他表達善意的方式。有人去跟他買野味，阿基佑把人從自己的茅棚裡趕了出來。但是過兩天，買野味的人發現，自己返家必經之途中，阿基佑把他要的野味留在路上。

天衣在家裡，如果看到阿基佑在家，會遠遠的跟他招手。阿基佑總是沒有表情也沒有動作的望著天衣這頭，像在看遠山的雲，之後突然折回自己茅棚裡去。

天衣有時也送點東西給他，並不直接送上門。她把東西放在離他住處一段距離的地方，過陣子去看，東西不在，那就是阿基佑收下了。

事情之開始，是有一些人到阿基佑的地裡去鬧。阿基佑在這裡住了十年，大家都知道他，沒有人會這樣去找他麻煩。但是這群不知道哪裡來的都市人，他們在茅棚外吵鬧叫囂，阿基佑不理，他們就去拆茅棚，阿基佑跑出來趕人，這些人就拿高爾夫球棍打他。

阿基佑雖然看上去健朗，其實有年紀了。打不過人，他就躲回自己屋裡去。如是數次，來鬧的人興致越來越大，看是不像有結束的意思。有一次又在外頭鬧囂，阿基佑抓著番刀就衝了出去。

這舉止很不文明，阿基佑幾乎連水電也不牽，當然身上沒有任何文明的東西，但是來挑釁的人卻是有的。他們立即打手機，叫來警察。之後里長作證，證明阿基佑腦袋有問題，是神經病，所以阿基佑就被送進精神病院去了。

天衣和榮琪到精神病院去看他。這麼個生猛的男人，完全變了。因為吃藥的關係，他神情機械呆滯，臉白白的。住院期間，他迅速衰老，人幾乎小了一號。他從來也沒明顯表示過他認識天衣和榮琪這一對鄰居，但是現在，距離這樣近，雙方面對面，幾乎可以確信，阿基佑不認識他們，事實上，阿基佑不認識任何人，不認識這個世界，不認識他自己，他是離了魂的人，只剩下軀殼。

後來向附近的人打聽，阿基佑的地被規畫在某財團的建設藍圖中。而他不肯賣地。住進病院之後，他妹妹把地賣了。當然，賣給了最初跟阿基佑交涉的財團。

那突如其來出現的騷擾者，其實並不是突如其來。

知道原委之後，想起過去的阿基佑，對照精神病院裡的這個老人，不憤怒是不可能的。

這就是朱天衣介入為原住民抗爭的「馬武督事件」的開始。

地平線上

朋友的女兒和我同一天生日。幾乎每年，老友都會安排同時給我和她女兒一起慶生。是交往超過二十年的朋友。認識的時候，她還沒有結婚。剛從學校畢業，非常乾淨單純的女孩兒。因為學的是影劇，便也進了影劇圈，但是數十年來，一直維持一種學生風格。從不化妝，無論衣著或髮型都簡單而純樸。直到現在，還像青少年似的，氣質簡淨而不涉世。

她的男友是唱片製作人，來找我寫歌詞。我們是這樣認識的。那時候我開咖啡店。談案子的時候，她坐在一旁，短髮，小小圓圓的臉，粉白粉白。因為非常安靜，讓人完全忽略她。後來兩人結婚了。開了唱片公司，老公一路高升，做到影視界的龍頭地位。她跟著他全世界跑，到過許多城市，見過許多我們這個行業的偶像和大牌人物。但是偶爾見面，她還是一樣，頭髮直而黑，短短的。一張臉素淨潔白。她那時也做製作人，手頭有幾個案子想找我做。我們約了談工作。我在咖啡店等她，隔窗看見她從路口走過來。穿著連身長裙，純黑色。白淨的，一無修飾的臉上覆著黑到極點的直髮。整個人像一幅素描畫。

偶爾，在人生的某個時刻，會如同天啟一般發現事物的真相。那一天，於我便是那樣。那時候我的生活或感情或工作，都紛亂到極點。反映我自己的內在混亂與不安，我外在總是在變化，衣著有時花有時素，頭髮剪了又燙燙了又洗直，或者從燙大捲變成燙小捲變成花捲毛毛捲……當年不流行染髮，否則以我當時那種不斷想掙脫自己的情況，我非常有可能會去染一頭或藍或綠，或紅色的頭髮。

看著這位朋友從窗外走過來。我們那時已經認識十年，認識但是並不熟。她不是張揚的人，總是穿黑或白，總是直直的短髮，脂粉不施，臉孔或神情都極為乾淨和安靜。世界未能侵擾或沾染她。我第一次體認到美應當是怎樣。

在我大約三十來歲的時候，我對世界和人生還充滿熱血。遇到了有趣的人，就很想「納為己友」。那時碰到一個人，奇異的非常投合。轉戰三家咖啡廳，還聊得欲罷不能。因為「相談甚歡」，就問他要電話號碼（那時我只要碰到有趣的人就會要人家的電話），想說日後還可以再聊。這個人，看上去年紀比我大，卻也還不到遁世的歲數。可是對於我這個「加我好友」的請求，他沒有正面回覆，只說了段奇妙的話。

他說話的神情，我到現在還記得，他很直接的看著我，慢慢的，一字一句的說：「很多年以前，我就決定了：不想讓我的地平線上有太多的人出現。」

這當然是委婉的拒絕。不過因為他那種直截的，全無閃躲，並且認真的態度，我並不覺得被冒犯。

這個人，當然，我就此再也不曾在他的「地平線上」出現過。這是我認識的人裡頭，少數的，具有「四兩撥千斤」的威力的人物。我跟他相處大概還不到五小時，於整整的一生裡，五小時是多麼的短暫微小啊，可是三十年後，我依然記得他的相貌，他的名字，記得他說的這句話。

這句話裡的智慧，許多年之後我才懂。他表達的是一種態度：人生到了某一個階段，應該做的選擇是「不要」什麼，而不是「要」什麼。

以前的我喜歡把「地平線」塞得滿滿的，生怕錯過人生，管他哪一種人生。網路上看到一篇短文，題目叫做「人生不過是開門關門」，內容我沒看，然而這句話意味深長。「開門」意味著接觸世界，要發現和看見世界，但也同樣的意味著把自己開放給別人，讓自己也成為他人眼中的風景。但是，打開的門終要關上，在關上的時候，一方面我們汰選了「進入」門內的人，另一方面也選擇了放棄被觀看被全世界知曉。

人生必須，且也定然有一個階段，是獨獨為自己保留的。那時候我們做什麼或想什麼，與他人無關，且也終於能夠不再介意他人看法。

這個階段，那些我們願意「看見」，且也願意被其「看見」的對象，必然稀少。「地平線上」不再擁擠，但肯定都是極美麗的風景。

我的朋友，從我認知到她的珍貴之後，她始終在我的地平線上。我們見面很少，大約一兩年一次。每年我生日，她會給我發簡訊。二十年過去，她依然老樣子，甚至也沒經歷中年發福或是臉皮下垂滿面皺紋的生物規律。人還是瘦瘦的，面孔清朗乾淨，整個人素樸而穩定。雖然，事實上，這些年裡，她也面臨了生命中的大變化。

她離婚了。拖著丈夫留給她的數千萬債務帶著兩個女兒生活。她一向是沒有心事的人，卻在離婚後開始失眠，白天得工作，因此只好服安眠藥。那時我跟她一樣，靠安眠藥過日子。現在回顧我自己的生命，某種程度得說我是張揚的人，我只要生活有了巨變，外表一定會相對的反映出來，不是暴瘦，就是暴胖，不然暴老，不然就突然回春，完全看我當時遭遇到的是什麼。而我的朋友，依舊老樣子，那些憂慮或抑鬱，如果存在，並沒有反映到她外貌上來。

她不大提她和丈夫之間發生什麼。而很慚愧，我就像許多破裂婚姻關係的局外人，事實上一直明白她丈夫總是在外遇，但是從來不跟她提。我們與婚姻中背棄忠貞的那一方聯盟，一起欺騙另一方。而用「這樣可以維護他們婚姻完整」的想法為自己開脫。

離婚之後，她很辛苦，上有老母下有女兒。還有那一大筆想了就頭昏的債務。有一次見面，我們喝紅酒，大略是有些醉了。她說她老是作夢，許多亂夢。醒來就不記得。我猜她是把世界的重擔都留在了夢裡。我希望她把她的重擔都留在夢裡。

她是基督徒。朋友們相聚，一桌人吵吵鬧鬧，喝酒的喝酒，吃菜的吃菜。但是用餐前，她一定祈禱。在一片烏煙瘴氣昏濁吵鬧的背景裡，她微微低頭，兩手交握，垂目，簡單的對她的上帝說完禱詞。這景象總是令我震動。覺得看見了她的力量之來源，她的貞靜之來源，她的美好所出之處。

吃素

在咖啡館寫稿，聽見旁邊客人聊天，說她老公「終於」吃素了。因為語氣異常歡喜，就掉頭偷偷打量一下。看上去就是很清素的人，外貌簡單整齊，梳包包頭，不施脂粉，雖然打扮頗老氣，其實年紀不大。

那一桌大概四個人，似是好友或姊妹淘，聽到這種話，立刻一片頌揚之聲。我不知道其他人是不是吃素，但是顯然是對吃素採正面態度的。這個人繼續說她多麼苦口婆心勸老公吃素，勸了幾年，現在老公總算是聽話了。

敝人因為寫小說的，想像力過剩，腦子裡忽然就冒出她老公在外頭「偷吃」的畫面（此處「偷吃」，完全就是字義上的意思，不牽涉到任何第三者）。我覺得：她老公到底是真的改「葷」歸「素」，還是只是被她念了多年，決定「一勞永逸」，其實很可懷疑。

吃素的人總想勸別人吃素，幾乎類似宗教情結。當然吃素是很好的，無論對身體對世界對環境保護都有利無弊，但是當這件事，讓某些人，產生了「好東西要與好朋友分享」的執念的時候，實話說，其正面意義往往會變質。

《老殘遊記》胡適和魯迅都點名講評過，而且重點都放在老殘論「清官誤國」的那段話。老殘說：「贓官可恨，人人知之，清官尤可恨，人多不知。」老殘的理由是「贓官」（貪汙腐敗之官）做壞事的時候，因為名聲不好，故此多半會略有節制，壞在範圍內。然而「清官」（清正廉潔之官）因為相信自己是好人，因此，「何所不可為而剛愎自用，小則殺人，大則誤國。」

老殘作者劉鶚是清末人，他要是活在今日，見到二十一世紀的「贓官進化版」，對「贓官」大概不會有這樣「高」的評價。但是關於「清官」的評論，倒的確萬古常新，永遠不會退流行。

「清官」之害，其實不是因為其「清」，而是由於倚仗自己的「清」，因之轉為剛愎。那種覺得自己正確的剛愎，簡直就無堅不摧，萬夫莫敵。傳教士教化非洲原住民，歐洲十字軍東征，基本上都是出之於這種剛愎的「善意」。某方面，惡意比善意好對付。惡意極明顯，對抗惡意，成功了是英雄，成仁了是烈士，有腦袋的人都會嗟歎惋惜。但是碰到「善意」，別說對抗了，擺出略微的不合作態度，立時便觀者傷心聽者流淚，疑惑你到底是哪一根筋不對了，這樣不知好歹。更甚者是，那些疑惑的人裡頭往往也有我們自己。

《莊子．胠篋》第十裡說：「聖人不死，大盜不止。」這句話我一直認為它簡明扼要的表達了人類潛意識裡「反骨」的作用。如果聖人不來告訴你該做什麼不該做什麼，有時候我們順其自然，倒也不至於壞到哪裡去。但是萬一事物被分成了「該做」和「不該做」的，那些不該做的，就會忽然閃閃發光，讓人很想去做做試試看。

我不知道別人啦。我自己是一向對於「聽話」這檔事有障礙，包括聽自己的話。只要一想到我要「遵守規定」，或者我一定要「聽話」，敝人內在的「大盜」就會立即蠢蠢欲動，十分之想給他傷天害理一下。

這可能就是我一直沒法成為素食者的原因。

說實話，我倒也不是在「抵抗」這件事，而是。偶爾就會冒出強烈的想吃垃圾食物的慾望。而且這種強烈慾望總是發生在我「規定」自己要吃素的時候。理性上，我憎惡垃圾食物。正常的時候，這些東西對我毫無誘惑力，就算看到廣告上，主角對著漢堡或炸雞流口水，也完全可以不為所動。但是，只要我開始決定要吃素，不知道為什麼那些玩意忽然就變得威力十足，就算八百年沒吃它了，在吃素的時候，口中竟會冒出鹽酥雞的滋味。

有個朋友，學氣功。我其實不知道他吃不吃素，因為從來沒跟他吃過飯，只喝過咖啡。他有個關於吃素的理論。他說能不能吃素，跟體質有關。有些人吃素很困難，也有些人吃素很簡單。這檔事跟意志力或道行無關，純粹只是體質問題。

他這個理論，我後來一直拿來擋所有那些好心勸說我吃素的「聖人」們。我相信他們一個字也不信，不過至少我躲過了讓我的內在大盜被逼出來的機會。這理論究竟有沒有根據，沒看過任何相關說法，再加上我既然是那個每次都「吃素不成功」的人，所以也驗證不出來。

有個遠房親戚，信教很「努力」。我說「努力」而不說虔誠，是因為他後來出了問題。他是非常非常「優秀」的信徒，家產全部捐出去，家裡有正式佛堂，每天照三餐念早晚課，茹素快三十年。

他人非常清奇，外貌那真的是一塵不染，異常肅穆莊嚴，永遠只穿白衣。他全家吃素，客人上他家也是吃素。我去過幾次，印象裡他一直在吃。都說吃素容易餓，他好像就是這樣。談話的時候他不斷的吃巧克力，吃乾果：松子花生腰果，吃雜糧餅乾。正餐吃完，不一會又上甜食，芝麻糊杏仁豆腐之類。因為在他家「吃得很累」，我印象非常深。

最近有人說他中邪了。或至少也是精神方面出了問題。他忽然一反常態，整天要吃肉，而且胃口奇大，一整隻全雞他能一個人全部吃完。吃豬蹄膀一次兩隻。並且吃起這些葷食時，迫不及待，連餐具都來不及用，往往直接手抓。

我沒法想像他現在的狀況。且也不知道他會變成這樣，究竟是「體質」還是「心理」的反撲。忽然大量需要動物蛋白質，絕對跟體內營養素或維生素不平衡有關。但是他吃這些食物的方式，那就不是生理狀態可以解釋的了。倒有點像某種「爆發」，而任何一種「爆發」（物理和心理的）其實都跟壓抑有關。

我會猜想他這許多年來，一定很「努力」的要做一個好教徒，而那些努力，似乎只規範了他的行為舉止，並沒有內化到心裡面。因為帶有強制成分，其結果便是累積了三十年的強大後座力。

我其實很敬佩那些可以長年吃素的人。我家裡，大概只有我不吃素，三個妹妹都吃素，而且行之多年。大妹還是一流的素食烹調家。但是跟我見面的時候，他們吃素，我照吃葷。在他們的世界裡，吃素和吃葷可以並存。

達賴喇嘛講經時都會說同樣的一句話：「你如果喜歡，請拿去用。如果不喜歡，就還給我。」這句話表達的是：「不強加於人」。再好的東西，帶有強迫性的時候，都會有所減損。而且，有時候，我們接受不了好東西，純粹只是時候未到。於吃素一事，可能是體質還沒調好，也或許是心理上尚未調伏。

發現

內爾·哈比森（Neil Harbisson）是個畫家。他站在ＴＥＤ演講台上。褐色頭髮，白色臉孔，寶藍色圓領衫搭配鵝黃色窄腿長褲，外面套一件桃紅色西裝外套，腳上穿著黑白相間的皮鞋。

裝扮得這樣色彩繽紛，並不是因為他是畫家，所以對色彩搭配有過人之處。事實上，內爾·哈比森是「全色盲」，他任何顏色都看不到，除了灰與白。他的世界，用他的話講，是這樣的：「天是灰的，花是灰的，電影和電視永遠是黑白片。」他看不到顏色，所以搭配服裝，和作畫，他其實使用的是聽覺。他可以聽見顏色的頻率。這套搶眼的「演講服」，他稱之為「C大調和弦」，是快樂的旋律。他的衣服會唱歌。

我常看TED。特別喜歡那些「奇人異事」。有人用電腦零件教兒童做簡單的機器人，也有人發明互動電子書，有人做「身體實驗」，與毒蛇和蜘蛛一起生活；也有人「發明」美感，讓我們知道身體上長出一大堆大泡泡，或者切割出無數條紋，依然有其獨特的美麗。總之，有時看新聞，發現又有人做出某些笨到無遠弗屆的事的時候，唯一讓我對人類這種生物依舊抱持信念的方式，就是趕快上TED網頁，看看那些高智慧的人是如何看待世界和人生的。

哈比森之引人注目，不僅在他的穿著，還在他的長相。他長一張小臉，尖鼻子細眼睛，某些角度完全像西洋童話裡的綠色小精靈。他留「妹妹頭」（就是豬哥亮留的那種），腦門上頂了根奇怪的橢圓型物件；這個有點像大型藥丸膠囊的東西是他的電子眼，直接嵌在他腦殼上。這玩意可能全世界只此一件，是電子技術專家亞當．蒙坦頓（Adam Montandon）和他一起設計出來的。而這東西會

「出現」在世界上，只有一個原因，哈比森想「看見」色彩。

電子眼（eyeborg）的設計原理跟頻率有關。萬物皆有頻率。色彩的頻率是光譜。電子眼可以把光譜轉化成音階。因此哈比森靠電子眼「聽見」顏色。當然這並非易事。獨獨記住聲音與顏色的關聯，哈比森就花了一年多，目前他與電子眼已經共處了八年，可以分辨出三百六十種顏色。看到這數字實在相當驚嚇。因為哈比森是用「聽」來分辨顏色的，因此這其實表示：這個世界的「聲音」的音階至少也有三百多種（以上），這真是難以想像。我還一直以為聲音就只五線譜上的哆來咪而已。忽然發現這世界其實喧囂無比，原來文人的想像並不是「純屬虛構」的哩。

不是看到哈比森的故事，我恐怕不會知道「顏色可以發出聲音」，也絕對想像不到：「原來聲音是有顏色的」。「聽」與「見」竟有如此美妙的連結。若非老天把哈比森生成了全色盲，或許這件事依舊會被發現，只是恐怕不會在我還活著的時候。

這讓我聯想起「缺陷」的意義。我們一般都把缺陷當不好的。說到一個人有

「缺陷」（現在則用「障礙」一詞），往往意味著這個人有問題，需要修正需要改善。我們對待缺陷的唯一態度，就是設法「消除」這個缺陷。讓缺陷不存在。

某方面來說，哈比森也在「改善」他的缺陷。他改善的方式不是「消除」全色盲，而是看看在「全色盲」的狀態下，如何不受阻礙，不被干擾的活在這個有顏色的世界裡。當他接受自己必須以另外一種非比尋常的方式來過生活的時候，他其實也就「發現」了一種新的生存方式。

我因此在想，缺陷這件事，或許不是缺點，而是絕大的優點，那迫使我們必須放棄成規，用全新的眼光與態度來生活。說得誇張一點，缺陷的作用是來帶我們發現新世界的。

進入二十一世紀之後，許多奇怪病症發生在兒童身上。這包括過敏，亞斯伯格症，自閉症和過動症。尤其過敏和自閉症，我身邊有些朋友家中有這一類的孩子。我沒能力用醫理來探討這些病症的成因，但是會忍不住想，這些孩子的這些「缺陷」，或有可能是某種新的能力，或至少是通往某種新能力的途徑，只是不為當前的世界所知曉。也或許是我們現有的世界尚未能配合。除了設法調整他們，讓他們適應我們的「正常」世界，或許也可以跟隨他們，看他們是要把我們帶到哪裡去。

說到「正常」，統計學上時常有所謂的「標準人」。那是把總體的數據相加之後除以人口數，得出的平均值。這個平均值顯示一個人的「正常」狀態：他的高度他的體重他的年收入他的消費方式，甚至他的親屬他的婚姻狀態，他的住屋坪數他的子女數他的教育程度。這個以全人口為基礎統計出來的「標準人」，事實上絕少有人完全合於這個標準。我根本懷疑全世界到底有沒有這種標準人存在。而這就是我們檢驗正常的標竿，罔顧他根本一點都不正常。

真正的「正常」，其實就是每個人都「不正常」。太「正常」的人恐怕倒是得提防的，其中必定有詐。除非有心去造作，沒有人能夠長久或全然的合於某個標準。我仿偉人林肯的名言：「人可以正常於一時，無法正常於永久。」徹頭徹尾正常的人，可以肯定的是：這人一定不正常。

歐巴桑一日記

我發現我最開心的時候都是和小孩一塊度過的。

最近重感冒。說實話也沒想到會搞這麼久。每次我都覺得我痊癒了，精神抖擻起來吃喝玩樂，可是不一會就渾身冒冷汗，汗出如漿，整頭髮溼淋淋像剛淋過雨。

那時候我就說：「怎麼這麼快就累了，我不是病好了嗎？」

這句話是我最近最常說的話。小孩每次聽見都說：你說好幾遍了。

聽說這就是歐巴桑症候群。就是：「在一段長時間中不斷重複說同一句話。」

其他症候如下：

一、過馬路不看紅綠燈。

二、搭乘電動扶梯一定站在左邊。

三、操作任何需要刷卡的機器，如ATM機，捷運入口，公用電話，卡一定插反方向。

四、見到試吃攤位不管賣的是什麼，一定試吃。

五、在地攤買衣服，就直接套在外面試穿。

六、已經一件九十九元了，還對半殺價。

七、居然還殺成功。

八……

小孩一項項舉給我聽，我聽了就很高興說：對對對，就是我。如果有人專門研究歐巴桑，我一定是標準採樣。

我們家人在一塊總喜歡講「黑洞話」，就是無厘頭的，完全沒意義的。而我跟孩子們在一起，總是全無道理的high到不行，做無厘頭媽媽。這大概是我放鬆的方式吧。

以前日本節目《火焰大對抗》裡，有一段短綜藝叫「老爸與杯子」。是雙人對口相聲。兩個看上去很邋遢的人，一邊抓頭髮或抓肚皮一邊胡亂說話。

「你今天來得很早。」

「大概是因為有狗在追我。」

「狗為什麼追你？」

「大概因為我出門的時候踢了牠一腳吧。」

諸如此類的。

我們家的雙人組是大兒子和小兒子。這兩個人相差十二歲，不過完全沒代溝，兩個人講話面不改色。

小兒子說：「我昨天晚上被一隻螞蟻咬了。」

他哥哥說：「那你現在可以舉起比你重六倍的東西嗎？」

小兒子說不行。老哥就說：「真可惜。」

蜘蛛人被蜘蛛咬，就有了超能力。他意思是弟弟沒有變成「螞蟻人」。

這兩天人舒服一點，就跟孩子一起去龍山寺。一路坐捷運過去，這兩人一邊聊天一邊冒出這些無厘頭話。

最近天天下雨，我喜歡雨天，雨天的每一部分。就唯獨得拿傘這件事不喜歡，因為一定會弄丟。不過出門的時候雨停了。走在路上，天光是水一般的浸潤明亮，帶透明感。

不知道是哪一位神明生日，龍山寺裡正作法會。一群人站在殿前誦經。有尼僧跪在佛像前大聲念誦，後面的人群就跟著念。渾然的齊整的經文龐然一片鋪在空間裡。一人高的香爐裡烘烘孕著白煙。

我很喜歡龍山寺，雖然家裡佛堂裡供著觀音，但還是每個禮拜要來一趟。這裡的觀音很美，那像貌亦男亦女，很人世。我每次看著祂，總覺得活生生的。想必入夜，龍山寺山門緊閉，或許觀音會坐下來喝杯清茶，叫金童或玉女替祂搥搥背，捏捏肩膀，並且把趺坐許久的雙腳泡在熱水裡。

龍山寺的佛像不知道是什麼人負責鑄造的，金身，但是看上去很暖，沒有金屬的冰冷感。神像都很清秀端整，完全不俗氣。觀音殿旁邊供著文殊菩薩。我每次也都要拜。拜文殊求智慧。女兒則每次去拜月老。

然後出了龍山寺，全家去逛夜市。龍山寺的夜市其實不大，從頭走到尾大概五分鐘，但是攤販很多，左右兩邊小吃店面之外，中間還有一排。賣什麼的都有。幾乎走四五步就有一條巷子，巷子裡又有許多小吃店。

我們從攤子邊上一家家吃過來。說實話，夜市裡東西都差不多，但是擠在人群裡，周圍眾聲喧譁，有攤販吆喝賣東西，商店裡傳來音樂聲，ＣＤ攤位上放著卡拉ＯＫ，在在是人世繁華景象。我總覺得夜市是台灣最有生命力的地方。

我們站在路邊吃旗魚串。聽到背後有女人說話。一個帶大陸腔的女聲說：「本來是找我的，後來她來搶，客人就跟她走了。」

有人問：「怎麼會？她比你漂亮？」

大陸口音說：「哼。」口氣不屑。

另一個人說：「不是那個問題。」她問：「她是不是跟客人說了什麼？」

「沒有，客人一看到她就跟她走了。」

「那你不知道，他們一定是認識的，他以前叫過她。」

大陸女聲恨恨的：「叫過也不能搶我的客人啊。」

「客人要跟她走哇，也不是她的錯。」

我這時聽出她們大約是妓女。我們正在廣州街附近。大陸女聲聽上去老腔老調，以為是有歲數的，但是轉過頭去看，發現站在路口談話的幾個女子都很年輕。穿著短裙，高跟鞋，打扮很時髦。並不惡俗。我常來夜市，居然從來沒見過這一號人物。而且她們就在路口，大聲的侃侃而談，至少表示她們不在乎旁人眼光。

想起前陣子看過的一個片子，叫《妓女的榮耀》（*Whore's Glory*），裡頭有個妓女說：「大家都跟男人上床，我上床還有錢拿呢。」在性開放的社會，妓女好像比浪女或女玩家要精明一點。

後來去吃燒麻糬。從蛇店裡裝著蛇的蛇籠前經過。從A片光碟店前經過，從日本洋食雜貨店前經過，從掛了一堆內褲，唐裝，旗袍，「一見發財」娃娃的觀光商品店前經過……正在東張西望，忽然看見迎面走來一群人，全都長得一模一樣。

那是蒙古症患者，有男有女，有老有少，有人胖有人瘦，可是全都長一樣的臉。蒙古症的人，甚至不分國籍，膚色，都是相同的臉，讓我覺得蒙古症的人是某個種族。與其他人不是「同一國」。

龍山寺是不可思議的地方。

然後我們就坐捷運回來。我跟兒子說：今天看到了妓女和一群蒙古症的人。兒子說：「那又怎樣。」一點好奇心也沒有。

後來他說：「歐巴桑就是這樣。」

伏藏

有一天，兒子的電腦終於掛了。

說「終於」，是因為這台電腦實在是很古早很古早，用了十多年（我說過他是很省的）。這段時期，本人早已換了三台筆電，兩台桌上型。我對３Ｃ產品有莫名狂熱，別的女人可能喜愛珠寶，別的文人可能喜愛書籍，但是我最喜歡逛的地方是光華商場，而且每逢電腦展，一定去趕集。如果我現在年輕美貌並且追求者眾多的話，我一定會要那些凱子爹（或凱子娘，有禮物的話男女不拘啦）買

3C產品送我。任何型號產品製造商都行，只要有電磁波就好。

總之，很久很久以前，我的電腦「美尼亞」（MANIA）發作的某一天，我在電腦展上買了台炫爆了的電腦，愛死了。雖然前面已經在網路上定了一台電腦；那是我人生第一筆網路購物，因為一直不送來，我就猜想大概我的訂購方式錯誤或怎麼地。並且私心盼望廠商根本就把我的訂單弄丟了。

但是人間不如意事十常八九。就在我完全不需要另一台電腦的時候，電腦送來了。我雖然酷愛3C產品，卻也沒本事同時使用兩台桌上型，於是就給了兒子。

兒子那時候青青子衿，小毛頭一名，賺的錢還沒多到給自己買電腦，因之始終都在撿我不要的電腦用。我把這台全新的電腦提到他房間去。聽到我說要給他用，兒子立刻說：「不要。」這傢伙一副我拿了桶毒氣要跟他同歸於盡的神情說：「你不要害我。」

他是很念舊的，凡是超過一個禮拜的東西，就會不由自主產生感情，因之屋子裡已經堆了很多我不要之後由他接收的種種，他嚴正告誡我：「不要給我買任何東西！」（他如果腦袋清楚，這句話其實應該這樣說：「老媽不許買任何東西。」因為我只要買了東西，遲早都會變成他的，假如沒扔掉或壞掉的話。不過老媽之為物，就是「告誡你告誡，不聽我自不聽」。）

我逼他收下，談判許久，他終於答應。又過了……可能半年吧，才開始使用。一直用到現在（我說過他是很念舊的）。十多年間，日出日落，月升月沉。物價越來越高，電腦價越來越低，要他換電腦，他總是不肯。我的電腦一直壞，折損跟女明星發胖一樣容易，但是兒子的電腦一直好好的。只是很慢，「灰常」慢，時常我把奇摩新聞全看完了他還在等開機。他那種不疾不徐的個性可能是這十多年裡「被」電腦培養的。做任何事都很沉穩，而且肯花工夫。

就像這次電腦壞。某天他說：「我電腦好像壞了。」我一碰到要花錢血拚就很興奮，馬上說：「我們去買一台新的。」兒子慢條斯理道：「讓我想想。」

他想了三天。然後跟我說：「真的壞了。」我聽了又很興奮，馬上說：「我們去買新的。」兒子又慢條斯理說：「讓我想想。」

這次他想的實在太久，我後來完全忘了這事，有一天，他說：「電腦修好了。」

我很失望：「為什麼要修好？」兒子說：「我只是碰碰運氣。沒想到……」

他電腦的問題出在硬碟，開機後沒法讀取。因為裡面很多資料，他就決定買一台新的硬碟來換。當然，這台電腦實在太古早，說出型號之後，幾乎每家店都說：「已經停產了哦。」我實在不知道是哪股信念讓他繼續找下去。總之，他到處碰壁，卻不明緣由的不想放棄。結果，在某家3C店，終於，那位店員說：「我還真的有。」他說：「已經在我這裡放很久了。」

全新的，還沒拆封。剛好年底前才盤點了庫存，所以店員知道店裡有這玩意。某種程度，你可以說這個「古早硬碟」一直在店裡等我兒子，並且預作準備，在我兒子前來尋覓之前，以奇妙的方式提醒這位店員：「我在我在！」

真像是某種「伏藏」。

「伏藏」一辭是藏密的用語，意思是「埋藏的珍寶」。據說是蓮花生大師預見了藏傳佛教的末世，因此將他認為「不適合在當時傳授的經典隱藏起來，交給各地的神靈保護，等待後世發現。」

密宗裡的「伏藏」主要指經書，法器和各種神像。在密宗的傳統中，必須要伏藏師才能「拿到」這些寶物。特定的「伏藏」必須要特定的伏藏師才能取得，並不是只要是伏藏師就能四海通吃的。

撇開宗教意義，「伏藏」的本質，我以為是：「為某個特定事件，準備好在恰當時機出現的某物。」就像這個「古早硬碟」，在兒子沒去詢問之前，它就像有隱身術，既不曾被賣掉，也沒退回給廠商，只是被遺忘在庫房裡。於我兒子，這個硬碟「願意等待」，對他意義重大。如果電腦裡檔案救不回來，別說實質的困擾，恐怕「感情創傷」更嚴重。我說過這傢伙超級念舊的。

宗薩蔣揚欽哲仁波切的短文〈菩薩的勇氣〉，總是會讓我聯想起「伏藏」。他舉了一個例子，假設上師要求你去埃及幫一個小孩的忙。怎麼幫呢？「你到一個餐廳去，這個小孩拿一杯水給你，然後你把這杯水喝掉。」

這個看似平淡而簡單的要求，其難度是：為了喝這一杯水，你可能要在那個餐廳裡等五十年。因為你去的時候，那個孩子可能還沒出生，就算出生了，也不知道他什麼時候會到那個餐廳去遞那杯水給你。

然而，如果是一個菩薩，他就會去，會每天到那餐廳去等待，或如同宗薩所說：「在那餐廳裡找一個工作。」直到那孩子出現，遞過來一杯水。

喝這杯水只要五分鐘，但是為了喝這杯水，或許我們等待五十年。

宗薩說：「我相信目前就在這台北的街頭，有許許多多的菩薩正走來走去，等待著剛才這五分鐘的狀況發生。如果你仔細想想，竟然有菩薩膽敢做這種事，你就忍不住會掉眼淚。」

宗薩的語言是很神祕的，如果你要我說他上面這段話究竟什麼意思，我實在說不出來，我只能說，每次看到這段話，我都會覺得心頭熱起來，有點想哭的感覺。或許他所訴諸的並不是我們的理性或感性，而是更深澈的，我們更原初的那個部分。

而這段話總是讓我想起「伏藏」。在台北街頭，無數的人走來走去，可能並不自覺，但是同樣在等待那杯水的發生。而那杯水，我深信是如同「古早硬碟」對於我的兒子，必然是在最好的時機，為了最適當的人出現。

我不知道那會是誰，我不知道那會是什麼時候。但是，信賴這件事，讓我莫名的產生某種意義感，覺得人間有情。

而同樣的，我可能是那個送水的人，也可能是那個喝那杯水的人，生存於世，每個人都是重要的，我們所行所為，不管多麼微小，在某個當下，都有可能是那個人最需要的。我們大家其實互為「伏藏」，是彼此的珍寶。

閒

以一個局外人的眼光來看中國的改變，我覺得最明顯之處是：「閒」人變少了。

還記得二十年前第一次去中國，印象極深是所有人都把手捅在口袋裡。當時是去上海，機場裡碰到的中國人已經穿西裝，深藍或黑，但全都把手插在口袋裡。早期好萊塢電影裡，男演員耍帥，往往一手插西裝褲口袋，上衣就似掀不掀，搭拉在手腕上。那是看上去周整卻又略顯不羈的瀟灑姿態。但是我在機場看到的並不是這樣，他們不是插褲口袋，而是直接插在西裝上四四方方的口袋裡，而且是兩手全插。有點像把西裝當中山裝（或「毛裝」）穿。其時並不冷，手放口袋裡絕不是為了禦寒，比較上更像是習慣。我後來在城市裡也看到許多人的這種習慣。就像年紀較大的中國人，穿襯衫的時候會把袖管直捲到上手臂。讓人覺得非常之「工農兵」，似乎一捋袖子立即要開始幹活。手捅口袋裡，那就是忙完了休息，非常閒的感覺。

在二〇〇四年前後，我在中國待的時間較長。一個人住，時常跑出去買東西。住的地方是小區，戒備森嚴，出入要刷卡，且有兩處，第一處，門口還有警衛崗。不過進入大樓之後，就有點像日本的膠囊旅館，全是一間一間四四方方小室，全是套房。自備家具，但空間僅容迴轉。我的房間有個陽台，小到放不下一張椅子。它的作用似只是為了在出租廣告上可以加個「附陽台」的說明。我倒很喜歡，因為床頭是窗戶，窗戶外是陽台。我坐在床上吃東西，面對窗戶，似乎在陽台上，卻又不是。吃完餅乾麵包屑可以從窗口倒在陽台上。那陽台好像是不存在的空間，離我很近，與我沒關係。把垃圾扔在陽台上我完全不覺得汙染到我自己。

屋子裡我打掃得很清潔。範圍非常小的時候，清潔居室是有樂趣的。我近乎潔癖一般，每天打掃兩次，只要有一點點髒，就絞了抹布從裡到外全部擦洗一遍，然後在清潔水的氣味中坐在床頭上剪腳趾甲，看見陽光照在自己亮亮的皮膚上。

那一整個夏季都很明亮，屋子裡總是金黃金黃。日落得遲，出去買晚餐，就看到路邊許多人站著，什麼事也沒有。有男有女。他們很安靜的站著，就只是站著。暮色落在他們身上，每個人都看上去近乎黑近乎灰。他們站在那裡，看著我經過，之後看著我拎著晚餐回小區。我從來沒和他們說話，且也不看他們，因為有點怕，不知道他們站在那裡幹什麼。

入夜之後我就不出門了。我從來不知道這些人會在那裡站多久。

有一個記憶。大約一九八六年，我到貴州去。夜間車回旅館，經過一處街道。那時候大陸可能還限電，總之路燈很少，多數區域都在黑暗中。我看到滿街的人。地陪說那是夜市。的確，可以看到隱隱的火光分布，幾乎像螢火蟲，遠遠的亮烈發光，一朵一朵，可能在烤或燒煮什麼，但是所有的人只是一簇一簇的黑影，在更大的黑中隱然移動。那一整段路上遍布奇異的嗡嗡聲，應當是夜市裡人在講話，然而聽不清。明知是人間，卻完全有種鬼市之感。

那樣多的人。半夜裡，在那裡做什麼呢？在台灣，十一二點也是收市的時候。那時候也差不多快午夜了。車子至少也走了三分鐘才通過那個地段。他們就像某種溫暖的濃霧或者煙，團堵和團聚在夜街上。

之後又多次去大陸，有時一待七八個月。那時注意到，大陸到處都是人。而且全都很閒的樣子。

上海的便利商店，往往店員比客人多。每次去買東西，店員都在聊天，講上海話。聲音抑揚頓挫。去大賣場也一樣，去百貨公司也一樣。大陸的百貨公司或賣場都大到驚人，好像土地不要錢似的。然而員工也多到驚人。三步一個服務員，你站在貨架前看商品，就有人默默站到你身邊來。

有時到鬧區去。其實已經非常現代了。櫥窗，店面，建築，陳設，都很都會，比任何大都市都不遑多讓，如果不是路邊總是站著一群人的話。

無論什麼時候去都是這樣，有人站在商店前，很謹慎的不擋到出入口。他們只是在那裡。有些人蹲著，向前看著。

我會坐在飲食區，那裡有遮陽傘，每個座位上都有。我花人民幣一塊或一塊五買熱狗和可樂，坐在遮陽傘下吃。並不是真的餓，只是找個理由坐在那裡打量他們。

幾乎都是農民的臉，穿著素色衣服，或者相反的，花到幾乎無厘頭的衣服。很明顯他們穿衣服不是為了表現自己，很可能是把所有的衣服都穿在身上。他們的臉孔，是曬黑了又在都市的建築遮蔽和夜晚螢光色路燈下被漂白了的臉，從堅韌的膠皮似的黧黑，軟化成失去勁道的近乎奶油的淡褐。

他們總站在那裡，既不乞討也不離開，不吃不喝，彼此也不交談。不知道在等待什麼。

我後來知道他們沒有等待什麼，他們只是很閒。沒事做。所以就站在路邊上。像鳥棲停在樹枝間，並不做什麼，也不為什麼。

那或許不是簡單的狀態。

我很早就失去無所事事的能力了。如果出門在外，如果沒有帶書或筆記就焦慮起來，因為覺得會「無事可做」。這狀態也不知是怎麼養成的。有一天，我在看電腦上的影片，我發現自己看一看就要去檢查影片還剩多長。並不是片子難看，只是，我竟連看完一整部影片的耐心都沒有，不知道在急什麼。

警覺到自己的這個情形，就忽然想起在上海時看到的那群人。他們的閒絕不詩意也不浪漫，極可能是因為失業，或許迫不得已。但是那樣平和的安於現狀，其實需要某種宿命信念。那種穩定，底下有巨大的力量。而隨著整個中國的積極奮進，「閒」人少了，那種閒適自安的狀態還能不能回來，我很懷疑。

楊宗緯

那一年，我在北京寫劇本。直到八月底才回台，發現到處都是楊宗緯。電視上是，報紙雜誌上是，連網路上也是。彼時完全不知道這是什麼人，只看到他在演藝界，猜想大概是又出了個吳宗憲之流的綜藝咖。

對他印象不太好，因為看到的消息都是負面的。他謊報年齡，跟人簽約了又不履行，人人說他難搞，命理師說他紅不過一年。給人的整體印象就是：某個一夕暴紅，搞不清自己幾斤幾兩的人物。

我妹跟我提他。那時已然入冬，我母親住院，姊妹們去看她。天很冷，離開的時候，越過廣大空曠的醫院中庭，我們縮著脖子講話，張口時冷空氣撲進嘴裡。妹跟我說：「你一定要去看楊宗緯。」為什麼呢？妹妹說：那個小孩子太難得了。然後跟我提《超級星光大道》，說她這輩子從來沒看過這樣好的節目。

我們站在醫院大門外講話。本來出了院門就應該各自返家的，妹卻跟我說了十來分鐘。她的熱切和周圍的寒冷形成對比。妹妹是虔誠佛教徒，拿讀廣論和參加法會當「娛樂」，家裡鎖定大愛台。她又是教書的，對於電視的看法從來都是負面大於正面。我好奇這節目到底是什麼地方打動她。妹說參加節目的年輕人太可愛了。讓她「看到下一代的希望」。她說了一堆：如何這群來自四面八方的「小孩」，分明是應該拚個你死我活的競賽，卻幾近無私的為其他人加油，為落選的人傷心流淚。他們表現的是對於歌唱的熱愛，而不是對於獎金的功利。雖然第一名的錢實在是不少，要一百萬哩。總而言之，這節目整體呈現的是年輕人的純真和純潔，就是這種狀態，打動全台灣的人心。

那時候第一屆星光已經落幕，不過「全班」都出了唱片，網路上也有很多視訊。我就找了來聽來看。

實話說，聽ＣＤ的時候，真的不覺得這群人有什麼了不得。多半是翻唱，也沒法讓人覺得比原唱高明。最紅的那位楊宗緯，初步印象是他的聲音軟答答，完全不是一般定義的金嗓子。並不清亮；其實混濁，溫溫的，且帶沙啞。好聽講是像化了的巧克力，難聽點形容就實在像痰或者鼻涕。

這就是征服全台灣的聲音？怪呀。

之後去看影片。從第一集看起。楊宗緯那時留所謂「原子小金剛」頭，非常怪胎模樣，在海選時，他兩手前伸，學國外的rap手勢，對著鏡頭說：「我媽把我生下來，給我這副歌喉，就是要感動全台灣的聽眾。」

看起來整個的少不更事，滿活潑的，還有點淘氣。那是完全不知道面前有什麼等著他的「無負擔」楊宗緯。除了對於自己能夠「感動全台灣」的自信，歌唱這件事大約還是輕鬆的，愉快的，可以證明他自己；並且是他生命中唯一確知可以「贏」的方式。

而在比賽之後，透過一次又一次的勝出，他開始變了。最明顯的是：他「似乎」沉靜和害羞起來。說似乎，是因為他「應當」不是這種個性。這是從星座看。楊宗緯日白羊，月水瓶。白羊字典裡沒有「害羞」這兩個字，而水瓶基本上對任何人間事都不大在乎的。事實上星光一班在整個賽期呈現出來的那種「團體比個人重要」的無私氛圍是標準的水瓶狀態。我個人感覺：後幾屆的星光大道，節目裡就再也沒有這種凝聚力，如果拿「一班」同學的生辰八字來比對一下，猜想可能都有強大的水瓶力量。

於楊宗緯，他的變化如此明顯，而且是在極短期間，不欣賞他的人，大概多少都會覺得他在裝。對楊宗緯的負面看法，最普遍的就是他「做作」、「虛偽」；不能不推測跟這個「第一印象」有關。但是，說實話，中大獎或出車禍，不以禍福論的話，根底上是一樣的：當事人都是「突然」被放到了「異世界」，不因此而改變的大概只有兩種人：白癡和瘋子。楊宗緯一夕暴紅，某方面來說，他的反應比較像是在適應，因此態度保守，收斂。這其實也是多數人在面臨大狀況時的做法。

看完了第一屆星光大道，終於理解楊宗緯為什麼會紅的原因。他的聲音有魔力。網路上有人讚譽他是黃金般的歌喉，這形容荒謬，黃金的聲音是金石之聲，清亮和鏗鏘有力是基本，楊宗緯完全不是。然則他唱起歌來，那音腔，有時甚至聽不清楚歌詞，卻能直入人心。他很快得到了「催淚歌王」的稱號。在星光第一次亮相，他就對著全國觀眾說自己要「感動」全台灣，用感動兩字不是沒來由，楊宗緯比任何人更清楚他歌聲的力量在哪裡。顯然也不是第一次，他的歌聲讓人落淚。

看星光看到後期，我對楊宗緯本人已經到達視而不見的地步，雖然陶晶瑩每次都想得出新名詞來形容他的外型，可是對我而言，他是什麼樣子都可以。有那副嗓子，就算長得像根拖把我也會愛他。大約是密集的在三天裡一口氣看完了全部「星光」的緣故，有好一陣子腦袋裡都是魔音貫腦。不是〈背叛〉、〈人質〉，就是〈雨天〉、〈聽說愛情回來過〉。我每天就開他的視訊「聽」歌，聽得如醉如癡，在想世界上怎麼會有這樣美麗動人的聲音啊。

後來楊宗緯出唱片了，馬上去買，放進ＣＤ盤的時候，滿心期待揚聲器裡會出現自己熟悉的那種迴腸盪氣的歌聲，結果，媽呀！難聽極了。我簡直都沒辦法把整首歌聽完。如果楊宗緯的視訊曾經帶我上天堂的話，他的CD就又把我拉回了地面。我實在不知道是怎麼回事。怎麼會差這麼多呢？

心態上覺得應該「忠於」楊宗緯，於是本人還是「努力」的聽完了整張，又努力的花了幾天去聽「習慣」。如是不懈奮鬥了一陣子，終於……

終於我猛然憬悟：實在不應該這樣虐待自己。於是就改去聽陳奕迅了。

故此，我得出結論，敝人實在不是楊宗緯的粉絲。至少是沒辦法被催眠到聽不出他歌曲好壞的程度。

之後，我就把楊宗緯給忘了，跟許多人一樣。而且覺得算命說的真準啊，果然楊宗緯紅不過一年。至少一直到今年初為止，蕭敬騰好像是比楊宗緯「紅」的。不過話說回來，跟《超級星光大道》「有關係」的人，好像也是蕭敬騰最紅，雖然他不算任何一「班」。

然後，我在大陸時看到《我是歌手》。

我不大看選秀節目。對一關一關淘汰的過程不耐煩。好在節目總是會結束的，而且勝負底定之後，總有粉絲會為他們喜愛的歌手做「精華版」，只要到時候去YouTube看結果就好了。但是有天開電視，忽然就看到楊宗緯跳出來。

畫面上他穿件銅金色夾克，雙手背在身後，對著鏡頭說：「我因為真誠而來，也將為真誠而戰。我是楊宗緯，我是歌手，加油！」

他沒什麼大變（不像蕭敬騰變很多）。依舊是腦門上烏雲蓋頂的「鍋蓋頭」，有點呆呆的。自從二〇〇八年「放棄」他之後，這是我第一次「看到」楊宗緯。而且是在「他鄉」，親切感油然而生。所以就看了下節目。

聽（和看）他現場唱歌，「楊宗緯魔力」就又回來了。我幾乎是目瞪口呆的看他的表演，完全被他迷住。世界上怎麼有這樣美的聲音啊。

那天看到的是他唱〈流浪記〉。聲音一出來就讓人心痛得要死。搭配到歌詞，那完全就是首心碎之歌，在絕望中尋求希望。平心而論，楊宗緯不是美聲唱法，到歌曲後段，那是全無修飾的撕裂之音，並且，實話說，「賣相」也不好。楊宗緯大概沒有照鏡子研究過他的表演。他每次唱到投入時，表情都很「困苦」，嘴大張到幾乎像嚎啕大哭。但是這樣的聲音，這樣的表情，這樣的唱法，卻讓人從背脊梁開始烘烘的熱起來，好像被什麼東西貫穿。

製作單位很知道他歌聲的效果，鏡頭帶到台下，一個眼鏡男生昂頭一甩想把眼淚甩掉，另有個漂亮女孩則早已聽得淚流滿面。楊宗緯的歌聲總是會讓人哭，為什麼呢？我不覺得紀曉君的原唱有這種效果，甚至詞曲原作巴奈，他自己的歌曲，他自己的生活，情感，然而楊宗緯詮釋得比他更好。

這其實才是楊宗緯過人之處。早在「星光」時期，他就把一大堆「過期」歌又重新唱紅。這不由得讓人想，於楊宗緯，可能他需要「比較」。只要是處在「較量」的情況下，他的表現總特別出色。參加競賽是與他人較量，翻唱，其實也等於和原唱者較量。這或可以解釋他的ＣＤ不如現場好聽的原因。錄音時他面對的都是新歌。並沒有一個可以比較的對象，甚至也沒法和曾經的自己比。

所謂「老狗學不了新把戲」，氣質一點的說法是痖弦詩：「今天的雲抄襲昨天的雲」。總之本人「一路行來，始終如一」，又給他重演六年前的老戲碼：開始讓「楊宗緯」魔音貫腦。

我馬拉松式的看完十三集《我是歌手》（網路上有啦），連楊宗緯被淘汰的那幾集也看。這節目實在是豪華專業，不比《美國達人秀》或《英國達人秀》

差。不過就不知道為什麼，看別人演出的時候，都可以「多工處理」：一邊吃一邊喝，偶爾接電話，時而上廁所，順便打遊戲發微博。甚至某幾集演出的時候我還同時看完一堆《後宮甄嬛傳》，兩邊都不受影響，該看的都看到了。但是楊宗緯出場的時候，沒辦法，不知道為什麼，好像忽然之間有閃電打下來，不專注都不行。他聲音其實並不響亮，但是幽幽的一發出來，四周圍空氣瞬時澄靜，如水一般。他的嗓音行走其間，漫漫無邊際，很簡單的就遍布所有空間。而且，每次傾聽，都覺得穿透到了靈魂裡去。

看最後一期總決賽的時候，這狀況尤其明顯。所有人都賣力演出，場子火熱。其實一缸子都是我聽熟了他們歌曲的人物：沙寶亮、黃貫中、尚雯婕、陳明；尤其尚雯婕，我非常喜歡這女生，她完全是世界級的。每個人出場都極有震撼力，都是絕佳表演，精采得不得了。台下鼓掌叫好，大喊「某某某我愛你」。若是台灣演唱會現場，一定可以看到螢光棒滿場揮舞。整體氣氛是普天同慶，萬眾歡騰，一片鬧熱……等到楊宗緯出場，場子立刻冷下來了。

正確說應該是「靜」。他唱李泉詞曲的〈我要我們在一起〉，和原作李泉合唱。這歌曲極簡單，只以鋼琴伴奏。楊宗緯穿了大紅西裝（我實在覺得他穿衣品味相當怪異），「聳」到讓人驚。那頭奇怪的，貝雷帽似的頭髮蓋滿前額。上台的時候他略欠身；他上台總這樣，似乎對觀眾或者他要唱的歌曲抱著歉意（也或許是敬意）。但是李泉琴聲一起，他細碎的「念」出了頭幾句，空氣立時改變。《我是歌手》變成了迥然不同的節目。我頭一次感覺到楊宗緯有一種奇妙的能力，他唱歌的時候，似乎能夠淨化周圍的環境，並且有幾乎是提升的效果。

他唱完了歌，全場無聲。那不是無法對他的歌有所評價，而是在那個時候，最適合的便是靜默。

影片裡，也可以看到所有參賽的歌手，就也只是默默看著電視轉播。《我是歌手》與當年的《超級星光大道》不同。星光是無名者的競賽，某種程度還保有無知和純真。但《我是歌手》裡全是成名人物，見過世面，經過風浪。爬到浪尖上的，都有多少程度的世故，但是看著楊宗緯唱歌，所有人唯是傾聽，不能置一詞。他唱歌不單是音韻與歌詞，事實上也傾訴了所有歌者的初心：已然成名的這些人，最初走上這條路的理由，不也就只是因為愛唱嗎？因為在歌唱裡發現了自己，也因為在歌唱裡找到快樂。而這也是楊宗緯的歌裡始終存在的東西。

在六年之後，看楊宗緯的演出。有一事不能不提，就是他的眼神變得異常乾淨，無論在台上或台下。特寫鏡頭裡，他那雙眼睛澄澈得驚人。在星光時期他沒有這樣純粹，想來這幾年，他還是有了變化。我不以為他是裝的。人能裝一時，不能裝一世。因為重新「翻紅」，現在網路上與他相關的視訊多到爆。東西多了就會發現某些一致性，現在的楊宗緯，一直保有那種乾淨而寧靜的眼神。

二〇〇九年，他跑去考體大研究所，以第二名被錄取。現在他是不是念完了研究所，不知道。但是這表明了兩件事，一是在人生最谷底（那時他一堆負面新聞，而且與唱片公司正因合約問題在打官司）之時，他居然能夠定下心來準備考試。當時他第二張唱片已在籌備，演出邀約依然頻繁，但是這個做法，證明他要走的不是歌唱的路，無論他多紅，他始終給自己保留了一條回歸平凡的路。

與其他歌手的爭強好勝不同，整個《我是歌手》賽程裡，楊宗緯的願望總是：「可以唱歌，可以讓許多人聽到我的歌。」從最初到最後，他一直只是個愛唱歌的人。

好人變成魔鬼

在店裡吃飯，電視上正在播洪仲丘事件。螢幕下方的標題是「總統向洪仲丘上香　被嗆聲包圍」。畫面上一群人圍擠，總統臉色沉重。後來與家屬談話，感覺他說話有點結結巴巴，有一搭沒一搭的。中華民國歷任總統大概就屬馬英九最窩囊了。感覺他好像總是在道歉。發生點什麼事，總統就出來挨罵。洪仲丘被虐致死是大事件，不過我猜若發生在李登輝或阿扁時期，恐怕民眾是嗆不到總統的。

同樣發生在軍中，洪仲丘之死讓我聯想起美軍的虐囚事件。當然，規模或手段，兩者不能相比，但本質是一樣的，都符合菲利普．金巴多（Philip Zimbardo）對於「惡」的定義。

菲利普．金巴多是美國社會心理學家，在他的書《路西法效應》（*The Lucifer Effect*）中，他給「惡」做的定義是：「惡是行使權力，故意對他人進行心理和身體的傷害，殘害他人的生命或思想，犯下反人道的罪行。」

以這個定義來看，「惡」其實隨處可見。凡有權力者，不把在他之下的人當人，惡便出現了。這範圍其實比我們以為的要廣大得多，凡是有「上」「下」分別之處，「上位者」如果起心動念要對「下位者」幹點什麼，多半都能夠得逞。社會上，職場中，學校內，甚至家庭裡，不同型態，或輕或重的霸凌絕不少見，只不過通常我們不太會把那當回事，「施者」和「受者」都視同尋常，就除非出了人命。

我念小學的年代（距今半世紀以前），體罰是公認的教育手段。每天一進教室，老師就開始打人，一直打到放學。與我同輩的可能都有類似的記憶。老師們大約也打得很累，或者是成天鞭起鞭落太乏味了，所以會「發明」一些新打法。

友人某說過他老師打學生的「創意」是這樣的：他不動手，只把藤條壓在教室門框上，之後叫學生排隊「衝」過藤條，等藤條彈回來，後面那位就正好被打個正著，力道之強絕對不是老師自己動手可以類比的。這位有創意的老師不僅不必耗費體力，還可以一手按著門框，一邊跟人聊天，一邊讓藤條「自動」把全班學生打完。

我小時候當然也捱打。沒有人不捱打的。一百分是基本，考不到一百，一分打一下。而我印象非常深，到現在始終忘不了的，是我那位級任老師。

我的老師很漂亮，小時候覺得她簡直就是仙女。她生得白皙豐腴，相貌有點像日本老牌影星山本富士子。班上有個同學，每天上學都遲到，功課也總寫不完。人髒兮兮的，時常鼻青臉腫，身上帶傷。現在知道她應該是家暴受害者。不過當年沒這種概念。我父母親很少打小孩，我從來不知道人世間也有一種父母是照三餐打孩子的。

總之，因為功課沒寫完和上學遲到，這個女孩在學校也每天捱打。有一次正好輪到我在她後面被打。她兩手伸出來，我明明白白看到她手心裡兩道傷口，紅紅的，都裂開見到肉了，想是在家被打的。然而我那位仙女老師，毫不容情，就正正往她那裂口上打下去。每打一下，我同學就痛得縮手，人幾乎要癱下去，但是，因為她縮手，老師就要重新打，於是一下變兩下，兩下變四下。幾乎打了一堂課。我在旁邊看著，完全不能理解，這樣美的女老師，為什麼能夠做出這樣的事呢？

說實話，這個「為什麼」，我到現在也還是不能解釋。在朝著小學生裂開的手掌傷口打下去的女老師，在其他的時候，都是善良的好人。並且美麗。她後來結了婚，生了孩子。被她打的學生幾年後畢了業，此後與她永無交集。不會回來找她報仇，甚至有可能不知道要恨她；因為在那個年代，老師打學生天經地義。

沒有人去研究體罰的背後真正包藏的意念是什麼。

菲利普・金巴多曾在一九七一年主持過著名的「史丹佛監獄實驗」（Stanford Prison Experiment）。這個實驗內容後來被拍成電影，分別是二〇〇一年的德語片《死亡實驗》（*Das Experiment*），和二〇一〇年的美國片《叛獄風雲》（*The*

Experiment）。電影和真實情況有些微差距，但是參與成員的反應和最後的結局忠於事實。之所以做這個實驗，金巴多的原意是想研究情境對於人類行為的影響。

他招募了二十四個人，用抽籤方式把他們分成了「警衛」和「犯人」兩組。之後，把這兩組人放到大學地下室搭建成的「監獄」裡。「犯人」被關進牢房，而「警衛」要看守犯人。

實驗計畫原本兩週，但是五天後便完全失控，不得不終止。這群參加實驗的，多數是學生，來自美國各地，當初挑選時，就特意找那些心理健全，均衡，沒有負面陰影的對象。實驗之前也做過心理評估。但是放進了「監獄」這個情境之後，兩組人員都「融入角色」，犯人開始暴動，而警衛開始虐囚。兩組人馬呈現出的反社會，暴力，虐待狂，偏執和人格失衡的狀態，歎為觀止。

在金巴多之前（一九六一年），心理學家史丹利．米爾格倫也做過一個類似的實驗，通稱「米爾格倫實驗」（Milgram experiment）。米爾格倫實驗比較單純，不像「監獄實驗」那樣戲劇性。參與的也都是普通人，年齡層從二十歲到五十歲，教育程度從小學到大學，職業則是白領藍領士農工商都有。簡言之，選樣是涵蓋「全體」人類的。實驗內容要求參與者當「老師」，去「協助」另一個房間裡的「學生」學習。而協助方式是要「學生」回答題目，答錯了就電擊他。

每個「老師」都有個電擊控制版，電壓從四十五伏特到最高的四百五十伏特。老師和學生彼此看不見，但是可以聽見聲音。最初學生答錯，「老師」都只按四十五伏特的按鈕，但是連續不斷答錯，「老師」們下手就開始加重，而「學生」被電擊的尖叫聲會從隔壁房間傳來。實驗人員會在「老師」身旁監視這一切，如果「老師」擔心「學生」承受不了電擊，實驗人員會告訴他們這是必須的，並且要求他們繼續。有了權威人士掛保證，多半的「老師」就開始大膽的去按四百五十伏特的按鈕。雖然可以聽見「學生」的慘叫，並且也明白這樣高的電流，有極大可能致人於死。

這個實驗，在米爾格倫之後，又被其他人重複實驗過多次，得出的數據類似。可以視同這個結論是可信的。這些平常人，各種年齡，各種社會階層，教育水準，男女兩性都有，但是，在有人下命令（也意味著他們不必對自己的行為負責）的時候，有三分之二強的人選擇按下電壓最強的按鈕。

米爾格倫實驗現在無法重製了，資訊普遍，上維基一查就知道那些「學生」和「電擊」、「尖叫」都是假裝的，但是當年參與實驗的人並不知道。他們只是按下按鈕，或許內心也明白自己做的事可能弄死一個人，但是又奇妙的認為這個行為，並不會給自己帶來任何嚴重後果。

我有點相信，在虐害洪仲丘的那一幫人裡，絕不乏這樣的「無明」狀態。

米爾格倫試驗表明了普通人與惡魔，亦不過一線之隔。如果沒有警覺，任何人都有成為魔鬼的「潛力」。

張愛玲曾用一句刻薄話形容某些人就是欠打：「不打他對不起自己。」這句話看似俏皮，其實包含凌虐的本質。施暴者往往要把施暴的理由正當化，錯的總是被害者。這態度表明我們沒有人想做魔鬼，就算魔鬼自己也一樣。

所以「惡行除罪化」，往往是犯下重大罪行的第一步。只要給罪行一個正當名目，那些看上去異常普通，善良，沒有威脅性的人，能夠做出多麼令人髮指之事，是難以想像的。

金巴多因為擔任虐囚案被告的專家證人，看了數千件相關資料。並與犯事者交談過。他認為虐囚案的本質與史丹佛實驗有類似處。那些主犯，在從軍之前多數是農民，身家清白，沒有不良紀錄，甚至還是虔誠的基督徒，簡言之，是一般概念裡所謂的好人。巴格達的阿布格里布監獄分樓上樓下。美軍的「領導」們住樓上，囚犯們被關在地下層，虐囚事件整整進行了三個月，無日無夜。而那些樓上的領導沒有任何一個撥冗到底下來看看。跟洪仲丘案一樣，「大人」不管事，縱容「小鬼」當家，於是造成了我們看到的後果。

美軍虐囚案最奇妙的一點是，所有的「罪證」，都是主事者自己「提供」的。這群人不但羞辱凌虐伊拉克囚犯，還自己拍照存證。事發之後，起出的照片和「錄影」，多達千件。有用傻瓜相機拍的，用手機拍的，簡直是無時無刻在「用手機寫日記」。雖然犯罪心理學說過凶手都喜歡留「紀念品」，但到達這樣氾濫成災的地步，已經超越「紀念品」性質，近乎引以為榮。

照片被公布之後，全世界震驚。那些拍照者，大約直到這個時候才感覺「代誌大條」，在歡樂的留下自己虐囚的證據時，他們可一點也不覺得自己在做什麼傷天害理之事。這些照片顯現：他們叫囚犯「裸體疊羅漢」，放狗咬犯人，嚇唬他們會被電死，要他們「假裝」口交，頭上戴內褲，拍下照片。女兵林恩迪．英格蘭還跟自己的「傑作」合影。事後她解釋自己為什麼會做這些事，她說：「因為很好玩。」

史丹佛監獄實驗在失控之前，所有參與者都覺得自己參加了「另類」的兄弟會儀式，在「獄卒」想點子整犯人時，在「犯人」決定自己不能乖乖聽話，「要像個罪犯」的時候，心態都是「好玩」。我深深覺得「好玩」是危險的，尤其現代人對於「好玩」的定義沒有上限，拜整人節目之賜，我們已經習慣於把羞辱凌辱虐待和初步的肢體傷害當作「好玩」。

小兒子過四歲生日的時候，給他買了生日蛋糕。大家圍著小壽星唱生日歌，唱完之後吹熄蠟燭，這時候他老爸猛古丁把這小傢伙腦袋按進塗了厚厚一層奶油的蛋糕裡，結果當然是小壽星滿臉奶油哇哇大哭，而那位毀了兒子生日的大人則哈哈大笑，覺得太好玩了。我向來憎厭這種惡趣味，不能明白整小孩子有什麼好玩。要不是奶油已經全部「裹」在我兒子臉上，實在想把蛋糕也往他爹臉上砸去。

惡作劇的「有趣」多半是單邊的，不平等的。耍人的當然都覺得好玩，可是被耍的呢？

末代皇帝溥儀在他的自傳《我的前半生》裡寫過一件事。他年紀小，貴為皇帝，許多孩子們的遊戲宮女太監們不許他玩，因為萬一摔到或碰了磕了，他們要挨罵。日子太無聊了，小皇帝後來給自己找到了娛樂節目。要找樂子的時候，他就叫一群宮女站到面前，朝她們丟石頭，看到宮女們尖叫著躲來躲去，他覺得太好玩了。等到有人被砸傷，血流滿面，小皇帝就哈哈大笑，尤其興奮。如果不是有人阻止了他，這傢伙大有潛力在長大之後成為連環殺手。

阻止他的人是他奶媽。奶媽從他襁褓時就開始餵奶，對溥儀就像媽一樣。這位農村出身的女子，有一天把溥儀帶出去，支開隨從和護衛，哄溥儀跟著自己到了一間屋子裡。關上門。四下無人。奶媽跪下來對溥儀說：「萬歲爺，你要答應我一件事。」小皇帝問是什麼。奶媽答：「下面我要做的事，你千萬不能說出去，要是說了，我會被砍頭的。」溥儀答應了。於是奶媽跟他磕了頭。起身坐到椅子上，把年幼的溥儀抱在懷裡。摀住了他的嘴，告訴他絕對不能出聲。

之後，奶媽開始使勁擰他掐他的肉。溥儀守住諾言不出聲，可是痛得眼淚都出來了。他問奶媽為什麼要這樣對他。奶媽說：「你拿石頭砸人的時候，被你砸到的人，比你現在還要痛上百倍呢。」

溥儀說這次之後，他才知道，原來宮女們是會痛的。在這之前，他大約以為別人跟他自己不一樣，「應該」是沒有感覺的。

理論上，我們都明白「人同此心，心同此理」。但是理論歸理論，真正能對他人遭遇感同身受的，實在是少之又少。蘇俄的教育家蘇霍姆林斯基說過：「人除了懂得從邏輯上分清善與惡之外，還要有善與惡的感覺。」我們都懂得善與惡，但是，對善與惡的「感覺」多半缺乏。而所謂善與惡的感覺，其實就是同理心。去做那些自己覺得好玩的事的時候，我們幾乎不思考：如果那個被玩的人，就是我們自己呢？

關於好人為什麼會變成惡魔，金巴多認為跟環境的影響大有關係。某些環境，天生就是製造惡魔的溫床。這些環境多半具備以下特點：

一、被賦予不是他們自己爭取到的權力。例如軍隊被國家賦予殺人的權力。

警察被賦予暴力正當化的權力。

二、匿名化。所謂匿名化，意指，進入這個環境中，很容易喪失自己的個體性，而成為某種身分或符號。當我們不需要為真正的自己負責，同時又因為身分而擁有巨大權力時，不去使用一下，似乎對不起自己。

米爾格倫實驗裡的志願者，能夠肆無忌憚去按最高電壓，某種程度是受到了環境的慫恿，和保護（他們不需要為後果負責）。但是一樣也有人放棄實驗，拒絕去電擊別人。兩者的差別，在奧祕學上的說法是「靈魂的層次」不同。有些人是年輕的「未開發」靈魂，也有人是累世輪迴過的老靈魂。老靈魂比新靈魂只多了一點：他們經歷過，他們知道。

我覺得洪仲丘的犧牲就是為了讓我們學習這一件事：讓全民感同身受。讓大家都思考，發生這件事的，如果是你？如果是你的兄弟？如果是你的子女？

在廣場上集結的「八月雪」（註），表現的是對於善惡的感覺。是這一點讓這個行動不凡。

註：二〇一三年七月，陸軍義務役士官洪仲丘在退伍前兩天，被虐致死。爆發全民對於軍方的憤怒。在洪仲丘死後二十三天，二十五萬人集結在凱達格蘭大道，身穿白衣，遊行抗議，要求政府調查真相。號稱「八月雪」。

輯三

不在場的人

哥倫布的巨船

十五世紀時，哥倫布帶著他的西班牙艦隊橫越大西洋，希望能發現傳說中黃金與香料滿溢的國土——印度。抵達加勒比海岸時，他以為面前的大陸便是印度，因此叫那些深色皮膚黑頭髮的土著「Indian」（印地安）。當然現在我們知道他抵達的地方不是印度，而是美洲。

據說哥倫布抵達美洲時，那些土著印地安人沒有看見。

這裡說的「沒有看見」，不是指這些印地安人全都在家裡睡覺因此沒看到西班牙艦隊的來臨，也不是哥倫布的船艦太會偽裝因此變成了隱形……這裡說的「沒有看見」就完全是字面上的意思：在艦隊來臨時，土著們站在海灘上，但是他們看不見海面上破浪而來的船艦。

這是影片《What the Bleep do We Know》裡說的。

《What the Bleep do We Know》是在網路上流傳頗久的影片，許多心靈網站都提供觀看和下載。我大概四年前看過。片子裡找了一堆科學家用科學理論來證明「新時代」的主要觀點：「你創造你的實相」不僅可以成立，而且完全是事實。

支持這件事的證據便是量子理論。量子理論實在是破天荒的想法，不知道那些物理學家們是如何想出來的。我到現在也還沒搞懂，只知道那絕對是「哈利波特世界」，有各種可能性，所有不思議都真實存在，一切虛幻為真，而一切真皆為虛幻，扎扎實實的在解說佛經。這可能是許多佛教大師，包括達賴喇嘛，淨空法師都對它興趣十足的原因。淨空法師一向說佛教不是宗教而是教育，實在有道理，除了佛教，我想並沒有任何其他教派的在經典裡討論科學。

影片裡談論我們的大腦運作時，提到一個理論。就是，大腦其實是全面吸收訊息的。我們的眼睛有點像攝影機，看到的東西都會進入大腦。但是由大腦過濾挑選之後，我們真正意識到的訊息，其實只占大腦所接收訊息的千百萬分之一。

而這被我們意識到的，極小的部分，是以什麼方式讓我們認知的呢？是大腦透過與我們舊有「資料」的比對，讓我們去認知那個新物事的。

那麼，當我們腦子裡沒有可以用來跟新物事比對的「舊資料」的時候，理論說：我們就會「看不見」那個新的東西。

美洲土著之所以看不見哥倫布的艦隊，因為他們一向使用獨木舟，概念中沒有「巨船」這種東西。對於海洋，他們所知的，大約只有魚群和海面上的小舟。哥倫布的船艦雖然巨大，醒目，但是因為那是印地安人的腦袋「資料庫」裡沒有的東西，他們沒辦法「讀取」，因此也就看不見。

使用電腦之後，我發現太多的電腦「行為」可以解釋人腦，都要懷疑人類有可能是機器人進化成的。像科幻小說和許多漫畫裡描寫的那樣：機器人進化成「生化人」（如《魔鬼終結者》裡的阿諾），之後有了智慧，具有人性，不但可以自由思考，並且能夠生殖（如美劇《星際大爭霸》〔*Battlestar Galactica*〕）。在量子理論的世界裡，說實話這並非不可能。

量子物理最驚人的知見是證實了事物會因為觀測而改變。許多書裡都拿這件事做例子，就是愛因斯坦說過的那句話：「當我們不注視月亮的時候，難道月亮就不存在了嗎？」這是非常合邏輯的看法，然而量子說給了我們另一種邏輯。在量子世界裡，當我們不注視月亮時，月亮可能並不存在。由於「觀測」，也就是個體對目標物的「注視」，能夠改變目標物的狀態，因此「祕密」和「吸引力法則」才成為可行的。某方面來說，《祕密》這本書的風行證實了量子理論。信不信由你，我真有朋友完全照《祕密》裡教的方式許願，並且心想事成。

愛因斯坦直到死前都沒同意過量子說。或許他活久一點會同意的。量子學說到目前為止沒有破綻，通過了一切檢測與實驗，但是，這並不表示這理論不會在某一天被推翻。得過諾貝爾物理獎的理查．費曼（Richard Feynman）就曾經說過：「物理學的定理就是：一切定理都一定會有一個新的定理出現來證明它其實是錯的。」量子學說裡有平行宇宙和多重維度的概念，所以費曼這句話，其實也在量子的邏輯裡：認為量子正確和量子錯誤的世界，必然同時存在，「一切的不可能其實都可能」，所以，量子學說被替代的一天也一定存在於空間與時間的某處。而這個看法，不可思議的，又證實了量子說的正確。

總之，量子理論非常有趣。推薦大家去看本書：《跟狗狗一起學物理》。不過還是來談哥倫布的船吧。最初看到印地安人的這個「看不見」的故事時，我覺得只是寓言或先祖神話，美妙固然美妙，可信性不大。但是後來看到了PBS電視台一部紀錄片，我現在得說：那不是神話，相當可能是事實。

以前寫電視劇，因為大家都這樣寫所以我也這樣寫，只要寫到瞎子，那便是「眼前一片黑暗」。演瞎子的人就大瞪兩眼兩手摸來摸去。過去沒有人研究瞎子，所以不知道有百分之九十的瞎子是有視覺的，只是這視覺範圍非常狹窄，要湊得非常近，並且物體得放大到一定程度他們才看得見。雖然視弱到這種程度，但是對光線他們一樣有感覺。因此盲人的世界其實不盡然是一片黑暗，是跟我們一樣，可以覺察到明暗的。

PBS這個節目裡講到一個案例。當事人是瞎子，不同於某些因為病變或事故而失去視覺的人，他是胎裡瞎，一出生就視弱到無法視物的程度。換言之，他的世界是沒有影像的。後來經過檢查，發現他可以透過角膜移植讓自己看見，於是便去動了手術。但是手術之後他仍然看不見。醫生們還以為手術出了問題，後來發現，他的視力沒問題，但是因為腦袋裡沒有「資料庫」比對，結果他看到的外界一片空白，什麼也沒有。醫生訓練了他半年，才讓他「看見」東西。

所以，真的是會「看不見」的，如果我們的認知裡，那樣東西不存在的話。

影片裡做了這樣的敘述：

「當哥倫布的艦隊進入加勒比海，直到他們出現在地平線上，沒有一個土著能看見這些船。他們看不見這些船的原因是：他們的大腦中對帆船沒有任何知識或者說經驗。直到巫師開始注意到海面上有漣漪波紋，但看不見有船，他開始疑惑起來，是什麼導致這種情形？於是他每天出來看啊看，一段時間後，他能夠看見這些船了，他看見這些船後，馬上告訴了每一個人有船在那。因為每一個人都信任巫師，他們也看見船了。」

這段話的動人處在末段：因為相信，所以看見了。

真心誠意去相信一個人，去相信一件事，有時候那個人或那件事就真的會不負所望。所以我總覺得戴著玫瑰色眼鏡看世界沒什麼不好，某種程度便是在用絕大的善意美意看待世界，量子理論已經證明了「事物會因觀測而改變」，當我們懷著絕大信念相信明天會更好的時候，我們的信念便會讓我們看見。

不在場的人

《不在場的人》（*The Man Who Wasn't There*）是科恩兄弟二〇〇一年的作品。台灣的譯名是《缺席的男人》，我覺得「不在場」比較貼切。電影裡並沒有任何人缺席。但是事情發生的時候，確實有許多人並不在場，卻依舊被拖進漩渦，為了他們根本不知道也不在場的事毀了一生。

這是黑白片。在科恩兄弟的影片中算是非常不顯眼的一部。雖然得了當年坎城影展的最佳導演獎，我卻幾乎不知道科恩兄弟拍了這樣一部片子。故事很簡單，無數電影電視都演過類似的情節：老婆外遇，丈夫殺了情夫，卻陰錯陽差，一直逃過法網。最後這男人放了心，準備過正常日子，卻突然出現新證據，證實他才是真凶。於是殺人者伏法，故事結束。

老話說：「太陽之下無新事」，有些事從亙古以來就從來沒變化過。然則為什麼要保持永不變化呢？我個人想法是：就為了讓人從那永不變化中看出新意。古往今來不少文人和藝術家替我們在千篇一律的四季更迭和恩怨情仇的世界中看到新意。假想這世界如果不斷在變動和變化中，每天起床推窗外望，就發現天地又變一個樣子，那一定非常可怕，恐怕全世界的人都要發瘋吧。造物不需要有想像力，我們有就好。

影片背景是上世紀的五〇年代。主人翁巴比是個理髮師。那個年頭，人的自覺性沒那樣強，身為理髮師尤其無聲無嗅。回想我自己的成長期（也差不多跟巴比同時代啦），幾乎每個月都要剪頭髮，那時候的學生頭標準是在耳上。但是我從來（就在當時也一樣）不記得任何一位理髮師的長相。理髮師是無聲無嗅的。巴比亦然。他整個人生完全被動。之所以結婚，是老婆的主張。這女人認識他兩個禮拜就決定嫁給他，巴比問說：「你難道不想多花點時間了解我？」他老婆回答：「時間多一點你會變得更好嗎？」

她嫁給他就是因為他一以貫之，安靜，乏味，不變。婚後老婆安排他到自己兄弟的理髮店工作，因此巴比成了理髮師，每天盯著人腦袋上的草皮，設法把它們整齊的打點出合適的形狀。

有一天，來理髮的某個客戶吹噓自己有個發大財的投資計畫。巴比心動了，但是他沒錢，因為疑心老婆可能跟她的上司有私情，巴比寫黑函去向老婆的上司勒索。他此舉不無求證的意味。結果上司答應了給錢，這就證實了他老婆果然出牆。巴比於是理直氣壯的拿了勒索的錢去投資。他不知道他拿錢的時候，上司正躲在一旁偷看。結果是上司找巴比算帳，兩個人扭打，巴比不小心把對方殺死了。

世間法則和上天法則一樣，殺人者償命，偷人者受罰。但是上天法則和世間法則有時間差。老天並不和人類走同樣的邏輯路線。警探沒抓巴比，反倒抓了他老婆。因為老婆為了幫上司籌那筆被勒索的錢，挪用公款。警方因此認定她是被發現之後殺了上司滅口。

官司沒完沒了。巴比的小舅子抵押理髮店付律師費。就在官司將要裁定的時候，巴比老婆自殺。官司因此不了了之。老婆死了，老婆的情夫死了，巴比去找投資商，發現對方是騙子。他失去一切了，除了知道了許多原本沒想到會發現的祕密。以及使他自己也成為了有祕密的人。

這影片處理的怪異之處是：殺人之後，導演既沒有讓巴比恐慌也沒讓巴比懺悔。他只是事情做了就做了。因此照常生活照常過日子。每次有凶殺案偵破時，記者回顧案情始末，差不多都會報導凶手如何若無其事，甚至殺了人還回家倒頭大睡。我覺得狀況可能就像巴比一樣，事情做了就做了，牽涉不到心理負擔或其他，因為時間會過去，重複的日常生活中的乏味細節能淡化一切，只要順勢而活，很多可怕的事都會變得尋常。

這樣的故事，很可以拍成「天網恢恢，疏而不漏」的勸世劇，也可以拍成「造化弄人」的宿命悲劇。或者也可以根本從這一切的邏輯裡跳出來，只觀看上天的布局。觀看我們生命裡，某件事在某個段落出現，其實是為了什麼，其實在把我們引到哪一個方向去。

雖然愛因斯坦說過：「上帝不會擲骰子。」我的看法卻是上帝一定時常在擲骰子。在一種一切布局都確定一切情況都在控制中的時候，唯一的樂趣就是擲骰子了，如非這點不確定性，我猜上帝管理世界時一定會無聊得打瞌睡。

上帝擲骰子其實風險不會如我們人類臆想的那麼嚴重。上帝有無限時間無限生命，在那樣浩渺長久，無法測度的範圍裡，最終一切都會是公平的。

某次和朋友討論世間法則，問說為什麼眼見的人或事多是善無善報和惡無惡報。朋友冷靜的回答：「那是因為你看得還不夠久，到了最後，贏的一定是正義。」

我那時年輕，實在是聽不懂這種話，也缺乏這種信念，不過活久了之後，確實發現：「贏的一定是正義」。只是通常我們活不了那麼久，看不到我們想看的結局。或者是其實「正義」攤在我們面前了，我們卻早已經忘記了前因後果，不再認得出它了。

當然「正義」也是有某種弔詭性的。敢賭民進黨的正義和國民黨的正義一定不一樣，我猜想那可能像銅板的正反兩面。按照機率，兩面出現的頻率是一樣的。老天雖然擲骰子，卻也保證了每個人都有同等機會獲得他自己的正義。

因之，那個「不在場的人」，其實便是上天。其想法我們無能測度，在人世裡我們只看到當下的片段，看到了當下的不公不義，只有那個「不在場的人」知道在最後最後，一切會得到平衡。而他之所以讓公義或正義的路線那麼樣的迂迴，我猜想是因為他在擲骰子。有時候是銅板的這一面得到機會，有時候是那一面。

我現在總算是開始懂得要相信，並且也多少明白了這個道理。要為善是因為只要等待，善果終會到來。不要作惡，也是因為一定有某一天，惡果會呈現。

老天就是這麼玩的。

荒野生存

二〇〇七年，西恩・潘把麥克肯多斯（Christopher Johnson McCandless）的故事拍成電影《阿拉斯加之死》（*Into The Wild*）。距離書的出版差不多十年，距離麥克肯多斯的死亡，當然更久。這樣具有衝擊性的故事，或者用西恩・潘的話說：這樣「有內在力量」的故事，其實看過書之後，西恩・潘就想拍，但是等待了十年，是因為想要得到麥克肯多斯家族的首肯。

為一個好故事等待十年。我感覺「台灣精神」裡好像缺乏這樣的耐性。台灣精神比較上效法張愛玲：「出名要趁早呀！來得太晚的話，快樂也不那麼痛快。」這話裡「出名」一詞可以代換成任何東西。我不太明白，為什麼大家都那樣急。幾乎都是末世之感，好像不趕快的話，某些東西某些事便會泡沫一樣消逝。事實上會消失的多半就是泡沫，真正堅實的，並不會與時光俱逝。真正的好東西總是會等待我們的，它會存在很久很久，在我們泡沫一樣消逝之後依舊存在，所以，急什麼呢？

西恩．潘等了十年，終於獲得麥克肯多斯家人的同意。他的電影根據同名書籍改編。書的作者強．克拉庫爾（Jon Krakauer）也是電影的編劇之一。影片和書的內容都是麥克肯多斯死在荒野的故事，但是電影和書的角度有些微不同。

書裡對麥克肯多斯家人的刻畫很少，但電影裡有不少家庭戲，可能為了顧及麥克肯多斯家人的感情。因之，書和電影，幾乎成為兩種截然不同的敘述。電影裡描繪的麥克肯多斯完全是個孩子，幾乎是魯莽的闖入荒野之中。他的兩年流浪生活，電影裡頭讓我們看到他是多麼討人喜歡的孩子，總是興高采烈的，幾乎活力無限，有無盡的好奇心，對人充滿善意，還吃苦耐勞。而相對這種開朗狀態，他對自己的家卻絕口不提。

關於他為什麼棄絕優裕的生活，而選擇做超級流浪漢；電影裡的解釋很明確：他對父親失望，而且是有道理的失望。麥克肯多斯十八歲的時候，回他父親老家去玩，從親戚間知道了他父親其實不像他所以為的，是離了婚之後再娶。麥克肯多斯的母親是他父親的外遇。生了孩子之後，這個男人就兩處安家。有很長一段時間，他同時有兩個家庭。而麥克肯多斯和他妹妹其實是私生子。

無論書或電影都沒有描寫麥克肯多斯成長期和父母之間的相處如何。但顯然是有問題的，這所以知道了父親重婚的事之後，忽然之間，他的反叛變得理直氣壯了。從那時候開始，他就決定要做個「好孩子」。他給他的妹妹寫信：

「我要讓他們以為自己是正確的，讓他們以為我改過自新，接納他們的觀點了，以為我們的關係已經穩定下來。然後，一旦時機成熟，我會突然，迅速的行動，將他們從我的生活驅逐出去，和他們斷絕關係。」

這真是可怕的宣言。但是我深信，身為子女，或多或少，都曾在自己人生的某個階段，內心發出過類同的聲音。有些人說說而已，而有些人付諸實行。會產生這樣迥然不同的結果，我覺得跟父母親對孩子的接納有關。如果父母親能接受孩子跟自己不同，甚至跟自己的理想不同，接納孩子是另一個個體，並不是我們的代替和延伸，或許他們反而會比較願意像我們，和繼承我們。

書裡說麥克肯多斯小時候其實很有商業頭腦，滿會賺錢的。一直以來，他沒有明顯的棄絕物質的傾向，但是，決定了要走到父母親的反面去之後：因為父母的生活是優裕的，他就選擇貧窮；父母親是拘謹的中產階級，他就選擇不受約束的流浪生活；因為父母親是虛飾和表面化的，他就選擇全然的真誠和嚴格的道德。

孩子的叛逆，我個人認為，有可能是進化需要。人類的延續如果只是一成不變的複製上一代的話，這種生存沒有意義。我們只是活化石而已。小孩子到了某個年紀，開始要讓自己不同於上一代，或有可能是基因的呼喚。每個孩子單獨的點滴變化，匯集起來就成為一代人的演化。當然不是說孩子叛逆都是對的，但是至少做父母的要清楚，那或許跟孩子乖不乖，聽不聽話，沒有必然關係。

麥克肯多斯在大學畢業之後，就決定要將父母親「從我的生活驅逐出去，和他們斷絕關係。」他把房子退租，把剩餘的學費（兩萬四千美元）完全捐出去。開著自己那部二手車踏上流浪之路。在某段路途中，他的車拋錨在河床上，麥克肯多斯於是索性連車子都不要了。他在路旁處理掉了他僅存的，與他父母所象徵的「文明」的聯繫：一把吉他，一個足球，裝滿了衣服的行李袋，一根魚竿，一些漁具，電動刮鬍刀，口琴，充電的電線，一袋大米，一個平底鍋，裡面一些零碎錢。他而且在河岸上，把手邊還剩下的鈔票全燒了。麥克肯多斯一無所有的，也一無牽掛的，開始了他的流浪之旅。

他在公路上搭便車，到處打零工，有得吃就吃，沒得吃就餓肚子。睡在路旁，或者廢棄的建築物和涵洞裡。他在溪流中洗衣服和身體，在加油站盥洗。他的目標是阿拉斯加。他一路前行，兩年後，終於抵達阿拉斯加。在荒野中發現了一輛廢棄的公車，那就是著名的１４２公車。之後，他在公車裡的廢木板上刻了一段話：

兩年來他四海為家，沒有電話，沒有游泳池，沒有寵物，沒有香菸。完完全全的自由；一個極端主義者，一個唯美的旅行者，他永遠在路上。

落款是：「亞歷山大超級流浪漢」。

三個月後，他死在這裡。

有時候真懷疑上帝的業餘嗜好是編劇，祂編寫我們的人生，處處呼應和對照。麥克肯多斯把他的學費捐給一個拯救飢餓的慈善組織，而他最後是餓死的。

影片裡，這一段很動人。當他明白自己活不了的時候，他把自己洗乾淨，然後躺入睡袋，望著車窗外明淨的藍天，離開了人世。

他署名「克里斯．麥克肯多斯」留下了遺言。遺言是：「我已過了快樂的一生，感謝主，再會，願上蒼保佑所有的人。」他用的是本名。在最後，終於情願承接他父親的姓氏，並且以父母給他的名字死去。我相信如果他活著離開阿拉斯加，他一定會回家。

他在看過的書頁上寫了這樣的話：「快樂只有在分享的時候才真實。」從這句話看，他開始想要有人分享生活，很可惜他永遠沒有回家。如果能夠活下來，猜他會學會接納父母親的錯誤。

他的遺物是十來本書，一把牙刷，沒用完的牙膏，牙線，一些衣服，睡袋，小刀與皮帶。我看到他的遺物中有牙刷牙線和牙膏時，很震動。他一個人住在荒野中，根本無水無電，但是就算最衰弱的時候，依然維持清潔習慣。他近乎虔誠的，讓自己雖在荒野中，依然是文明人。

老男孩

男人和女人的基本差異之一，我以為是對於「老」的態度。男人多半不服老，不像女人。倒不是說女人比較容易「服老」，只是女人是很實際的，到了一個歲數，發現老化勢不可擋，於是便會接受，並且設法彌補。

這所以市場上一大堆挽救青春的商品能夠大賣，根源其實在於女人接受自己不會永久青春這件事。如果翻看女性雜誌，會發現裡面充滿了殘酷的打擊性的言詞。三十未滿便被定義成「初老」，過了三十五就叫熟女。保養品和化妝品提醒女性：衰老和醜陋距離我們多麼近，一不注意，眼角細紋出現了，眼泡出現了，黑眼圈出現了，黑斑出現了；法令紋，抬頭紋，眼角下垂，臉皮下垂，兩頰凹陷，瘢痕，鬆弛……同樣是人，兩隻眼睛一鼻子一嘴巴，真不明白為什麼長在女人臉上問題就特別多。

這還只是臉孔，身體部分需要「挽救」的就更多了，太大的要縮，太小的要擴，多餘的要減，不足的要填……男人跟女人一樣會老，會肥，會長皺紋，臉皮會搭拉，肚皮會鬆弛，不過男性雜誌上從來不談這些。某個廣告人曾經說過：要讓女人買東西，恐嚇法最有效。只要嚇得她擔起心來，她馬上掏錢。這包括擔心自己老，擔心孩子比不上他人，擔心老公或男友不專情，擔心自己沒人要。女人大半拿購物來抒發壓力，某種程度是在解決問題，她買的每一樣商品都是某個問題的答案。手上抓著一大堆答案的時候，任何女人都會覺得這世界友善得多。

而男人不一樣，要賺男人錢，得賣給他夢想。男人總覺得自己可以解決問題，不能解決也不希望有其他人知道，所以他會掏錢去買的，絕不是問題的答案，而是「沒有問題」的證明。證明一切都在他掌控中，證明他有能力要什麼有什麼。所以男人買東西是為了彰顯自己，他的錢往往流向那些能夠讓他覺得自己強大的地方。有時候是人，有時候是物，有時候只是一個概念。

因此，男人不愛提老。面對「老」，他們只有一個做法，就是證明自己不老。趙王不過問了句：「廉頗老矣，尚能飯否？」廉頗就立刻吃撐肚子給他看。多年前看過一則新聞，某幫派的前堂主，高壽八十了，等公車的時候，車過站不停，老先生居然抓了枴杖追公車，邊追邊拍車門，直到把公車給追停了下來。這種銳氣，或說不服老的氣魄，沒有任何上了四十歲的女性做得出來，壓根腦袋裡就沒有這等念頭。黃昏之戀如果女性版，女人是抓住青春的尾巴。如果男性版，男人多半為了證明自己老當益壯。兩種心態完全不可以道里計。女人愛上小男人，總會感到歲數的壓力，對方越小就越覺得自己老。男人相反，男人的黃昏之戀往往精氣神十足，有回春之效。對方越小，男人就跟著越年輕。卓別林和伍迪・艾倫都娶了比自己小三十歲以上的妻子，兩位老人家晚年創造力都特旺盛，或許跟這有一點關係。

最近才看了凱特・溫斯蕾在二〇〇六年提名奧斯卡的影片《身為人母》

（*Little Children*）。片名直譯是「小孩子們」。片子裡是有一大堆兒童啦，不過全片看完，我實實在在感覺，片名的「孩子」，指的不是那些小孩，其實是那些男人。

凱特·溫斯蕾在影片裡演一個家庭主婦，受過高等教育，不過結婚生子之後，就只好在家帶孩子。跟丈夫處得不大好，成為「惡妻」：就是凶神惡煞一般對老公不假辭色的妻子。女人在婚姻中，一不小心就會變成「母親」，如果夫妻感情好，她或許是慈母，感情不好，就變成後母。這件事，某種程度既非女性所願，也絕對沒有任何女人喜歡，但是往往不知不覺，我們就從妻子變成母親。我覺得這或許反應男人的內在願望。男人很少會變成老婆想要的樣子，但是女人往往自己給自己潛移默化，努力要自己成為男人想要她成為的女人。男作家陳映真絕早便看出了這點，因此寫了小說《唐倩的喜劇》。

對男人，最理想的妻子，願意跟她天長地久的那種，多少都要母性大過女性。過去的母親們明白這點，娶媳婦是要媳婦「照顧」兒子。現代女性則往往誤以為出嫁是找個男人來照顧自己。殊不知「照顧」從來就不是男性的強項，用

「照顧」來考核男人在愛情或婚姻中的分數，他們拿不到高分的。現代婚姻容易出問題，或許跟這種「職務錯位」有關，因為女人才是照顧專家。

男主角派屈克．威爾遜家裡頭其實也有個「後母」，他沒有工作，號稱在準備考律師執照，真正負責養家的是老婆。老婆雖然不來橫眉豎目那套，但是總有方法讓他知道他多麼沒用，可能不適合享有某些權利。老婆上班的日子，他權充奶爸，負責帶孩子。跟著其他帶孩子的母親坐在公園裡看孩子玩，就此跟凱特．溫斯蕾認識。並且，出軌。

片子裡事實上交代了四個男人，除了男主角，還有一名退職警察，一個戀童癖者，和凱特．溫斯蕾的丈夫。四個成年男人的共同特點是全都腦容量不足。

這不是說男人笨還是怎麼。只是男人的腦容量好像很少分配給日常事物。一位男作家寫的兩性書籍中特別為男性辯護，說明他們的本質和基因是狩獵者，因此他們「視野」（包括實際和心理層面）集中而專注。這觀點要讓女性來「翻譯」的話，意思就是他們，無論思想或行為，多半都是單行道。他們有一種奇妙狀態，在做什麼的時候，時常忽略旁邊有個他人，忽略這個他人其實是會思想的。

四個男人的共同也共通的狀態是，行事好像單細胞生物，幾乎不會思考。以男主角為例。他的出軌，既非愛也非慾，純粹只是「不做白不做」。影片裡描繪他其實不覺得凱特有吸引力，但是發現凱特居然喜歡他，那就成為了機會。兩個人發生關係之後，他依舊渾渾噩噩，非常樂觀和盲目的認定老婆不會知道。但是，當然，老婆是知道的。只是不讓他知道自己知道。相對的是凱特那一方，妻子出軌，老公倒還真的是無知無覺。

因為老婆不關心，以及情婦非常關心，男人忽然就覺得該跟情婦在一起，兩個人相約私奔。但是去跟凱特會面的路上，他居然跟溜滑板的男孩們玩起來，並且因此受傷。受傷之後，他想到的只是回家找老婆。私奔的事被拋到九霄雲外。

這部片的特別之處是，這是完全男性主導的影片。男導演陶德·菲爾德（Todd Field）改編男作家湯姆·佩羅塔（Tom Perrotta）的小說，事實上佩羅塔也是聯合編劇。這樣一部除了演員，幾乎沒有其他女性主創者介入的影片，傳達了這個「男人都是孩子」的概念，某種程度，或可視為：男人其實就是這樣看自己的。

這可能是男人給予女性的最為重要的訊息：「每個男人內在都是個男孩。」無論他怎樣假裝他不是。如果以此為標準來檢驗男人，會忽然發現，男人容易理解得多了。

母親與女人

與王文興白先勇同期的女作家歐陽子寫過一篇小說，叫做〈魔女〉。歐陽子是產量非常少的作家，可能知道的人不多，不過她這篇小說表達的概念，在當時，簡直是石破天驚的。

〈魔女〉寫的是一個瓊瑤小說式的母親，對用情不專的初戀情人有種發狂般的熱情，延續二十年。她嫁了個老實男人，生了女兒，但是依舊每個月去和情人約會。並且依賴這每月一次的相見熬過枯燥的婚姻生活。後來丈夫死了，她和同樣年華老去的情人結了婚，但是男人不改拈花惹草的根性，她於是依舊陷在那種瘋魔似的情感狀態裡。

她對已成年的女兒承認從來沒有愛過自己的丈夫自己的孩子，二十年來始終愛的是那個不專情的男人：「我對他的愛，這樣重，我已承擔不起，我哪裡還有力氣去愛別人？若除去對他的愛，我的心便像枯了的井，一點汁都擠不出來了。」

故事結尾是女兒無法忍受的看著這個愛瘋了的女人，覺得非常噁心。

這篇小說刊登在一九六七年《現代文學》上。那時候沒有人描寫或討論過「母親」也會愛得要死要活這件事。因此一個為情所困的母親便成為「魔女」。歐陽子表達的是當時的概念（當然也等於同時顛覆了這個概念），那就是，「母親」和「女人」是對立的角色，我們不可能同時是「女人」又同時是「母親」。

當然現在這一點已經不成問題了。任何女人都可以同時善盡母職，又還同時是風情萬種的女人。好萊塢電影給我們示範了許多。上一場戲中，女主角披頭散髮給孩子準備早餐便當送他們上校車；下一場，她已經褪下羅衫，跟賴床的老公在床上打滾。當然電影歸電影，一般人不可能切換得這樣完美。不過許多藝人，以及一般人之間流行的「孕婦裸照」（一手摟住上圍，一手擋住下圍，凸顯那圓滾滾的肚皮），似乎也是另一種形式的女權宣示：在即將成為母親的同時，提醒所有人（和自己）：「我依舊是女人。」

然而微妙的是：必須在成為母親的同時，強烈宣示自己依舊是女人，某方面等於承認了：「母親」和「女人」，的確是無法並存的。

最近看了三部「大片」，說大片，是因為來頭都不小，一部是珊卓・布拉克拿到奧斯卡最佳女主角的《攻其不備》（*The Blind Side*），一部是傑夫・布里吉的《瘋狂的心》（*Crazy Heart*），他也靠這部片得到奧斯卡最佳男主角。另外就是贏得「亞洲電影節大獎」最佳影片、最佳女主角的韓國片《非常母親》（*Mother*）。

三部影片裡呈現了三種母親。

《攻其不備》是真實故事。片子裡的黑小子麥可就是美式足球明星球員麥可・奧赫（Michael Oher）。他目前還在美式足球聯盟裡打球。

麥可・奧赫成長在貧民窟，母親吸毒，父親關在牢裡。家裡十二個兄弟姊妹流落八方，混黑道的混黑道，吸毒的吸毒，或者販毒。麥可十六歲的時候，被白人杜西一家收養，改變了他的人生。珊卓·布拉克演的就是麥可的這位白人母親莉安·杜西（Leigh Anne Tuohy）。

莉安是女強人，有自己的事業，美貌，多金。老公優秀，孩子乖巧，她的生活稱得上十全十美，但是這種完美生活似乎產生不了意義感。直到她收養了麥可，並且為了這個孩子奮鬥，打拚，她的人生才開始發光發熱。

這部電影，如果不是在否定事業對於女人的意義，至少是委婉的表達了一種看法：女人只有成為母親，才能在生命裡找到歸屬。莉安事業成功，什麼都不缺，可是好像活得很乏味。但是有了個需要她照顧的「兒子」，她的活力就出現了。而麥可這個養子和莉安自己兩個孩子的差別在哪裡呢？在：「麥可不是親生的。」雖然名為母子，他事實上是「另一個男人」。

我有位絕對不能算好男人的朋友曾經在酒後感歎過：為什麼他老婆不能像他母親一樣呢？他說他無論做什麼，母親都接納，他做錯了任何事，母親都會原諒。

最重要的，他劈腿外遇，夜遊不歸，母親都還是一樣會在家等他，替他弄消夜，放洗澡水，一句怨言也沒有。他說：「為什麼我老婆不能像我媽一樣呢？」我告訴他，他老婆其實跟他媽是一樣的：「將來你兒子劈腿外遇，夜遊不歸，你老婆也一樣會在家等他，替他弄消夜，放洗澡水，一句怨言也沒有。」

世間第一流的男女關係其實就是母親和兒子。妻子常常想控制（或扼殺）男人純雄性的部分，但是母親很少對兒子如此。所有身為丈夫的缺點到了兒子身上都成為母親驕傲的來源。婆媳之所以容易對立，有時不僅止於是「兩個女人搶一個男人」，而是雙方角度不同，在一方的眼裡是丈夫，在另一方的眼裡是兒子。「兒子」，對女性而言，是一個她創造出來的男人。「母親」，對男性而言，是為他存在的女人。而在一般的男女關係中，這種完美定位，絕無可能。

《瘋狂的心》裡，男主角跟女記者戀愛，雙方似乎都是認真的。但是有一天他帶女友的四歲兒子出去玩，把孩子丟失了。找回孩子之後，這女人立即跟他絕交。後來他戒了酒，練身體，改頭換面去求女友回頭，想跟她結婚。女方拒絕，說：「我不能讓我的兒子有你這樣的父親。」這是「母親」和「女人」無法並存的一例。當然你可以選擇做「魔女」母親，但是聰明女人一定明白，「兒子」絕對比情人可靠，只要讓他在自己身邊，照自己的意思養大就好。

韓片《非常母親》裡的母親有個成年的智障兒子。導演是奉俊昊。在奉導演的描寫中，這對母子的關係乖訛到變態的地步。這一對母子同吃同睡。母子同睡時，兒子便把手放在母親的乳房上。而另一場戲是兒子站在路邊小解，母親站在旁邊看。這看似邪惡的段落，其實根底非常單純，因為這孩子只有八歲的智力。他雖然長大長高壯，還會到小酒館裡問女孩：「妹妹，可不可以跟我睡覺？」但是對於母親，他是永遠的孩子。

一個由自己所出的，順由自己心意所捏塑教養出的男人，在母親的眼中，與其說是一個「男人」，不如說是自身的分支。所有的兒子都是在補充母親。透過有一個兒子，女性可以比男性更完整。

大家都愛吸血鬼

因為《暮光之城》大賣，「吸血鬼」族再度走紅。我自己是耐心耐氣的把三集全看完了。一邊看一邊覺得自己的聰明才智隨著銀幕上吸血鬼的快速移動，正自快速流失。等全部看完，我終於達到老年癡呆的境界，感覺頭腦空空，萬慮全消，十分幸福美滿。

幾乎看過「木瓜之城」（據我兒子說這才是片名的正確念法）的人，對本片的讚美之詞都是：「愛德華（男主角）好帥哦，貝拉（女主角）好幸福哦。」或者「貝拉好幸福哦，愛德華好帥哦。」或者進階版的：「貝拉和愛德華好幸福哦，吸血鬼好帥哦。」我不知道別人啦，我看完之後（看了兩遍），說實話，還是不大搞得清楚片子裡在演什麼。可這完全不影響我發表讚歎之詞，就是上面寫的那些。除了那些，好像別的也不大發表得出來。

根據我的理解，《暮光之城》的內容是這樣的：女學生貝拉跑到一個新學校上學，分別認識了兩個男生。一個人幫她修卡車（後來變成狼人），而且對她一見鍾情。另一個人則見到她就皺眉掩鼻（後來發現他是吸血鬼），因為受不了她的氣味。結果貝拉選擇了那個對她掩鼻的人。（我某位男性朋友便據此慷慨激昂的說：「女人就是犯賤，你對她越壞她越愛你。」我認為他忽略了這是吸血鬼影片，女主角不愛吸血鬼要愛誰？）

身為吸血鬼的優勢是，他們多半已經存活了數百年，每天存一塊錢，到最後也還是會比一般人（例如狼人）有錢。其次，他們是活歷史，交個吸血鬼男友，就可以給你上活生生的歷史課，講些曾經協助國父革命（如果他是中國籍），或者伺候過慈禧太后的故事。在現今，八卦就是錢，擁有這些一手材料就足可以在高價地段買豪宅，更別提會成為名流，所有談話節目一定都想邀請。另外，吸血鬼通常不會搞外遇，因為對象太少。如果萬一外遇也容易解決，他們會把外遇對象撕裂吃掉（很明顯這也是他們外遇機會不多的原因之一）。之後，如果你煩了這段感情，可以把他帶去日光浴，讓他自然毀滅，絕不會吃上殺夫官司，因為他早已經死啦。

縱此觀之，別說貝拉，我也要選吸血鬼哇。

西方四大怪物主流，分別是：吸血鬼，狼人，木乃伊和科學怪人。現在這種「美形是王道」的時代，當然吸血鬼會紅。現代吸血鬼，不但男俊女美，而且因應時勢，女的都是辣妹，男的都是花美男。

吸血鬼到底是什麼時候「進化」成這樣的？我研究了一下，正式的時間點可能是一九七九年。這一年，喬治．漢彌頓拍了《前世冤家今世歡》（*Love at First Bite*）。首次定位了吸血鬼的性能力。這之後，吸血鬼就多少成為了性感偶像，無論男女。還甚至不需要真正寬衣解帶，只要被咬，立時就能讓人達到性高潮，也無論男女。影片上當事人飄飄欲仙發出銷魂之聲時，攝影機就移開，不會拍攝這可憐傢伙暴斃的畫面，以免影響吸血鬼形象。這部影片改變了吸血鬼與人類的關係。以前電影裡被吸血鬼咬了會死掉或變鬼或變怪物。現在則會變美麗變俊帥。被吸血鬼吸血是物超所值的「整容」方式。

喬治・漢彌頓是史上第一個油頭粉面的吸血鬼，他一頭黑髮，油油光光往腦後梳去。穿燕尾服，繫領結，無論去殺人或愛人時都一副要參加宴會的樣子。言語優雅有禮，並且有法國口音。

而在他之前，所有公開的吸血鬼形象都是可怖和醜陋的。有紅眼睛有獠牙，渾身發惡臭。他們同時有兩種面貌，在要欺瞞世人的時候，看上去無害，正常，但是跟他們太接近時，真面目立刻便顯露出來。

我在十歲上下看過一部吸血鬼影片。男主角為了消滅吸血鬼，侵入古堡，從古堡的雕花旋轉梯下去之後，他發現地下室裡排列著一個又一個浴缸（是的，就是現在非常普遍的長橢圓型浴缸，你家我家都有），裡頭躺著被吸過血的被害者。當男主角出現，所有的那些即將成為吸血鬼的，和真正的吸血鬼，一起從浴缸裡坐起來，伸出雙手，兩眼發紅，咧開獠牙做嘶嘶聲。

那個恐怖畫面，讓我至少有十年，見到西式浴缸便不由得毛骨悚然。怕浴缸怕了很久。

之後記憶較深的是勞倫斯．奧立佛演的《月黑風高》（*Dracula*），他帶著木樁和槌子到吸血鬼的老巢去，準備用木樁釘心的方式了結吸血鬼，沒想到出現在面前的是失蹤多時的獨生女兒。她被吸過血，這時已經「轉化」成功。明明知道女兒已經變成了怪物，但是這孩子張開雙手，跟過去一樣純潔甜美，喊著父親：「爸爸，爸爸，我多麼想你。」勞倫斯．奧立佛老淚縱橫，哭了半天，然後在女兒撲過來擁抱自己的時候，把木樁刺進她的心臟。

德國導演荷索（Werner Herzog）拍的《諾斯費拉圖》（*Nosferatu the Vampyre*）裡，吸血鬼完全不想美化自己。飾演吸血鬼的克勞斯．金斯基（Klaus Kinski）創造了經典的吸血鬼形象。他不像惡魔，像營養不良者。他的吸血鬼異常真實，獨獨看他形貌，都可以分析出他的生活方式，心態，以及人際關係。他面色死白，眼眶深陷。尖耳朵，長指甲。目光在受害者大動脈的部位巡梭停留。他之身為怪物的權威性，來自他毫不掩飾的把你當食物，只想吃掉你，並且也有能力吃掉你。

在荷索的影片裡，吸血鬼隱喻了與個人相抗衡的國家機器。片子裡去消滅吸血鬼的男主角在消滅了吸血鬼之後，自己也被「感染」，成為了新一代吸血鬼。荷索對英雄的看法顯然是悲觀的，英雄和惡魔只有一線之隔，而聖徒之路往往通往深淵。英雄只有失敗成仁才是永遠的英雄，成功了便成為專制者，獨裁者，自大剛愎的人，和超級混蛋。美德與活著的英雄不能並存。

過去的吸血鬼有深度得多，充滿象徵寓意，幾乎可以用來類比一切事。政治的，愛情的，永生的思考，善與惡的分際，道德界線……但是現代的時髦吸血鬼，只有一種寓意：就是一切能力的極致：極美，極帥，極長壽，非但不死，還不會老不會肥不會生病，還沒有焦慮症。可以活千年百年。

知道自己有的是時間，任何人也活不過你，無論仇人愛人；自然會與世無爭，心平氣和，清心寡慾。成為吸血鬼可能是不錯的修道方式。只是得吃素。不能殺生，不過反正他們也不會營養不良，所以應該不是問題。

第十張餅

北京朋友說的笑話。

有個二楞子到飯館吃飯。要了一張大餅，沒吃飽，再加一張。還是吃不飽，又再加一張。直到吃了第十張餅，才覺得肚子充實了。付帳的時候，他大大懊悔，說：「早知道第十張餅才吃得飽，應該只叫第十張餅來吃就好。」

這笑話含意有點「千金難買早知道」的意味。我們總說：「早知道的話」，似乎當真「早知道」了，那件傻事我們就不會去做。而真相是，傻事其實是累積而成，就像前頭吃的那幾張餅，不把九張吃完，有些事不會顯現，有些事我們學不到。

笑話都是最明白的東西。所有好笑話都是直指人心的。張太太說我家媳婦是個懶鬼，「早上要睡到七八點才起床，茶來伸手飯來張口，整天除了上街瞎拚花我兒子的錢，什麼事也不做。」但是問起女兒，她眉開眼笑：「我女兒真是嫁對了人，手上十來張信用卡，全都是女婿買單。日子過得清閒，每天睡到自然醒。整天就逛街喝咖啡買東西，家事一概不用操心。」

聽笑話的人看出了張太太的親家母看她女兒，大概就跟她看自己媳婦一樣，但是張太太是不知道的。笑話多半是鏡子，只是我們很少拿它來映照自己。甚至很少意會到其實說的也是我們自己，要明白自己就是笑話中人，大約就笑不出來了。

人間事唯一法則，大概就只有「累積」兩字。羅馬不是一天造成的，我們整個人，無論外在內在，也不是一天造成的。出生下地之後，明顯的是在累積年歲累積身上的贅肉臉上的皺紋，不明顯的是在累積性格累積對人世的觀點累積人際關係人情世故。

和朋友閒聊，談到有些事推不掉，只好撒些小謊做藉口。其實對方大概多少也明白我們在幹什麼。

我自己就時常經歷類似場面，對那位邀不來的客人，主人會說明對方因為某某理由不克前來，可是：「誰知道呢。」這四個字基本上就斷然決定了一切理由都是謊話。我實在不明白為什麼不能直來直往？如果對於一切想拒絕的邀約可以回答：「那場合太無聊。我寧可在家睡大覺。」或者：「我不喜歡你，所以不想跟你同桌吃飯。」當然一定會造成某種混亂，不過再怎麼也比日積月累的矯情虛飾各自猜疑，最後鋪天蓋地成為某種約定俗成的無形制約要好吧。

我小兒子上國中時，老師請我去談話。因為這孩子時常遲到。老師說，每次問他為什麼遲到，他就說：「我睡過頭了。」這是實話。老師跟我說：「我教過這麼多學生，你兒子是唯一不找藉口的。」

這句話我視為對於我教養方式的讚美。總是在上學日睡過頭當然不是優點，不過在不該說實話的時候坦然說實話，絕對是一種勇氣，或是白目。

「白目」在現今成為損人的話，其實白目是很大的優點，他不是看不清狀況，只是看不懂「大家都覺得應該如何」的狀況，白目通常是只看到真相。他的不適於社會，是因為其他人需要謊言，或者美化了來說，需要「潤滑」人際關係。不過潤滑來潤滑去，到後來多半都會摔成一團的。真相的堅硬從來不會被潤滑掉，只是拖延我們接觸的時間，並且在被潤滑了半天之後，接觸起來分外刺痛而已。

李班長報告噩耗從來都直截了當：「張大毛，你爸出車禍死了。」張大毛立刻崩潰大哭。連長告誡他說話要婉轉一點。下次他換了新方式：「家裡母親還建在的人起立。錢小毛，你就不必了。」

李班長做這種事不過讓人當笑話講，不會有人怪他。「連長」這樣做可不行，立刻會有人疑心其中是不是有某種惡意，或者「連長」腦瓜出問題了。之所以有此差別，原因無他，兩個人「累積」出來的形象不同。我相信李班長做人要比「連長」輕鬆，人生問題也少些。天生白目可能是一種福氣。

雖然所有的立志書籍都強調要「把握當下」，似乎我們的毛病是很不當下，但說實話，一切問題之起，多半都因為大家只看當下。小孩不聽話，父母親都覺得他是不知道什麼時候「變」成的，情侶或配偶之間出現問題，也是不知道什麼時候「變」成的。講到「變」，語意上是一翻兩瞪眼，前一刻是黑的，這一刻便白了。而其實「變」不是那麼斷然與黑白分明，「變」之帶給我們劇烈震撼，只是因為我們現在才面對面去注視，而一向忽略它層層疊疊累積的過程。

我們都只注視「第十張餅」，忽略墊在前頭的那九張。

席尼．索南柏是美國「阿茲海默症」最負盛名的專家之一。他晚年時腦袋裡長了腫瘤，位置正好在掌管語言能力的部位，如果開刀，勢必要整個部位切除，如果不開刀，性命堪虞。席尼．索南柏選擇開刀，拿掉了腫瘤。之後他成為無法言語的人。他原本口才便給，說服力極強，曾經為自己主持的「阿茲海默研究中心」募集到三千五百萬美元。口才幾乎是他人格的一部分。但是這時候失語了。他能夠聽懂別人的話，但是腦袋裡無法組織字句，造成他沒辦法回答。

這個故事有非常奇異和神妙的部分。他的好友，同時也是替他開刀的醫師，艾倫．翰彌頓（Allan J. Hamiltion）對於他這種情形非常難過。有一天忽然想到：腦神經學家諾姆．穆勒曾經在研究腦神經系統時，觀察到某些腦中風的人，雖然無法說話，卻可以唱歌。他因此發現人腦的中樞神經系統，對於音樂的傳輸和對語言的傳輸模式不同。艾倫發現席尼有相同的情形，他無法說話，但是可以唱歌。

這之後，席尼就一直在唱歌。他和妻子一起研究出在各種不同場合可以唱的歌，自己填詞，甚至自己作曲，幾乎成了作曲家。這是他晚年的生活，在歌唱中度過。

在他身為神經科醫師的時候，身為阿茲海默症權威的時候，甚至是有說服力的募款者的時候，他生活中想必沒有這樣多歌聲。以歌聲來代替說話，絕對是迥然不同的人生境界。對席尼．索南柏來說，這就是他人生的「第十張餅」。目前看上去不錯，但是可想而知，「第九張餅」曾經是難以下嚥的，那是他成為失語症病人的時候。然而不吃下那第九張餅，第十張餅不會送到面前來。

笑話裡也是有真理的。我們無法省略每一張餅，如果希望第十張餅可以還我們以充實富足的人生的話。而在吃每一張餅時，如果理解我們的所作所為乃是一種「累積」，或許對於那些個別的「餅」，我們會注視一下，留心一下自己往上頭加的，到底是一些什麼樣的配料。

天使

有部英劇叫《永恆之法》（*Eternal Law*）。難看到不行。我一向很偏好英劇的，但是竟也有這樣一無是處的戲。男主角不帥，女主角不美，劇情設定疙疙瘩瘩，還俗套到極點。畫面灰撲撲，彩色像黑白，配的古典音樂，咿咿呀呀有氣無力……但是我還是每天在看，一集接一集，睡覺前看，頭靠在枕頭上，半睡半醒的讓那些無聊劇情帶著電磁波圍繞我，只為了等待那個片尾。

故事是講天使來到凡間做律師，還開了間律師事務所。好天使當然是好律師，但是壞天使就做了壞律師，完全的一個利慾薰心，以阻撓好天使的努力為能事。讓天使做律師，或許是因為祂們（一般都這樣認定）一定知道真相。人上了法庭，是非曲直黑白往往不由自己決定，定義非常曖昧難明。知道真相其實和打贏官司沒有必然關係，打贏官司和還當事人清白也沒有必然關係，還人清白和其人是善是惡，也沒有必然關係……總之，律師是天使最最無法施展能力的行業。如果，如果當真有某些天使被派到人間來做律師的話，我得說：上帝大概變得刁鑽了。

這部戲劇情難看極了。但是到了結尾，兩名天使（男主角和男配角）會到某個高處談話，為這一集裡發生的事感歎，並且給個意味深長的解說。那地點有點像中世紀城堡，空曠開闊。邊沿有巨大的牆垛，牆垛上懸著白白灰灰的月亮。「天使」在這裡不再隱藏翅膀。有時坐在牆垛上，兩腿懸在空中，翅膀馱在肩上；有時則在牆垛上直立，大翅膀張開來。黑夜裡，天使的背影映著月光悲傷而陰暗，然而翅膀永遠耀亮潔白，發著光，在夜風中微微撲動，輕拍的時候，白色的光暈隱隱然向四周發散，傳遞著什麼，或許並不是抽象的東西，或許就是天使的香氣。

結尾大約就一兩分鐘。而每次看到天使肩頭一振，翅膀展開來，我就總是有一種被閃電打到的感覺。屢試不爽。那個振翅的動作為什麼會對我有這樣的效果呢？實在不明白。差不多都像催情，如果世間真有長著翅膀的男人，我肯定會為那個動作愛上他，而且願意做牛做馬，養他一輩子。

我並不特別喜歡天使：人類概念上的天使，文藝復興時期繪畫上的天使，或者電影電視裡出現的天使；形象都很美，很神聖，很莊嚴。但是大約看太多了，有些麻木，我不太有感覺。撒旦也有翅膀，不過據《聖經》上說，撒旦是大天使路西法墮落之後「變成」的，所以會有翅膀還是因為「曾為」天使。在國外，翅膀似是天使的專利，在中國，則只有妖魔或怪物才有翅膀。所有的神與仙都站在雲上，或是浮在半空中，衣帶飄飄顯示他們其實在移動。中國的神佛形貌都努力像人，只是有「超能力」，會飛會變會漂浮；或一躍百丈高或千里遠。而且一律不長翅膀。

翅膀在我們的文化概念上是低等的東西，因為是禽類的配備。而飛禽，多數的飛禽，於我們是食物。天使如果來到中國，古代的中國，或許會被吃掉，雖然祂長得像人。不過中國人吃許多像人的東西。《西遊記》裡的人參果就長得像小嬰兒。人參和何首烏也長得像人。而且是越像人越珍貴。何首烏還有兩性之別，「女」何首烏有乳房，「男」何首烏有生殖器官。真是好奇是哪一種天地靈氣要把「食物」生成這種模樣。

翅膀的意義是飛，在西洋，想飛就得有翅膀。希臘神話中，依卡洛斯用蠟和羽毛做了翅膀，飛行逃離克里特島。卻因為離太陽太近，蠟融化了，結果摔到海裡。有翅膀代表擁有逃跑的能力。而中國人不需要翅膀就能飛，能飛卻並不想逃跑。中國的神話或歷史中都沒有從生活裡逃跑的英雄。中國人不需要逃跑，只需要藏匿，藏匿在風花雪月裡，或者鐘鼎山林中。放蕩或放逸都不算逃跑，只是在過另一種生活。中國文化看來比西方文化對於「非主流」，寬容得多。

曾經看過一部電影，片子裡有個長了翅膀的老人，被關在籠子裡。看的時候非常震撼。這部影片給出兩個全然逆反的天使形象：衰老和醜陋。沒有任何文字或圖像曾經提過天使是會老的，是會變醜的。那好像是魔鬼「負責」的事。後來才知道影片改編自馬奎斯的短篇〈巨翅老人〉。

巨翅老人在一個下午墜落在海灘上。因為連日大雨，海灘淋成了爛泥塘，到處是死螃蟹的屍體，和灌滿腐水的臭貝殼。「他嘴巴朝下伏臥在爛泥裡，儘管死命地掙扎，依然不能站起，因為有張巨大的翅膀妨礙著他的活動」。

老人的翅膀或年紀都沒讓他得到應有的尊重，可能是年紀妨礙了「翅膀」所顯現的神性。雖然懷疑過他可能是天使，但是很快，他的形貌讓他與「天使」這個名詞分離，人們迅速的習慣了這個奇蹟，開始用「平常心」對待他。他被關在雞籠子裡，和一群母雞待在一起。因為他實在太臭，便拿肥皂水沖他。而母雞就跳到他身上，在那對翅膀的間隙裡啄小蟲子吃。沒人知道他應該吃什麼，於是灑了些雞飼料在地上。

天使出現的消息傳出去之後，許多人來看。圍觀的人群如堵，排到了兩條街外。抓到他的那對夫婦便開始賣門票。天使像馬戲團的動物一樣被展示。有人把他當神，求他施展神蹟，偷拔他的羽毛去觸碰身上患病的部位。有人把他當動物，用棍子戳他，朝他扔石頭，希望他被觸怒之後，會像孔雀開屏一樣張開那副大翅膀。而他毫無反應，不動如山，具現了天使應當擁有的美德中的一項：「耐心」。直到有缺乏耐心的人試圖拿烙鐵去燙他。

天使關在雞籠子裡，所行的唯一善事就是讓賣門票的夫婦發了財。然而每天可以看見的「異象」，事實上也就成了日常。人們很快對他喪失興趣。不再被觀賞的天使得到安靜，他默無一言，骯髒，醜陋，並且衰老的待在雞籠子裡。為了讓他有點用處，女主人家務忙的時候，就把小嬰兒放在他面前讓他看顧。天使像無機物一樣凝固，無反應。小嬰兒就像他是個稻草垛或是石塊一樣，在他身上爬來爬去，撕扯他的羽毛和鬍子。後來小嬰兒長大了，帶了他的同伴來玩，捉迷藏時躲在天使巨大的翅膀下，或者他瘠瘦凹陷的胸口。

天使太髒了，主人擔心他或許會傳染瘟疫，不時用肥皂水在籠子外潑灑他。但是天使還是生病了。他窩在籠子一角，發著腐臭，皮肉潰爛，羽毛脫落。人們開始期待會見到一個新的異象：天使的死亡。

主人不時去觀察，用棍子隔著鐵籠戳他，看到他疲憊的半睜開眼睛，就又回家去等待。

但是天使沒有死，祂病了整個季節，渾身發熱，熱氣蒸騰在他周圍形成雲霧，脫落的羽毛長出了新的，潰爛的皮肉剝露，底下是新生的皮膚。有一個早晨，他推開了囚禁他數年的雞籠子的門，拍著新生的翅膀，搖晃著，虛弱的試圖升天，而在數度嘗試後，他慢慢的飛起來，離開了人間。

佛經裡「天人五衰」說的是：享盡福報之後，天人（也就是神仙）也會衰朽。其衰朽之相是：「衣服垢穢」（衣服會沾染塵垢），「頭上華萎」（頭上戴的花朵會枯萎），「腋下汗流」（身體開始流汗），「身體臭穢」（不潔且發出臭味），「不樂本座」（心躁，安定不下來）。

這個老病醜的天使，在馬奎斯的描寫中，似乎便在面對自己的「天人五衰」。

相比那些在聖樂飄飄中出現的，華麗潔白且美麗的天使，我覺得馬奎斯的巨翅老人更具備天使的質地，他在最酷嚴的環境中，依舊保持本質。或許外貌像魔鬼，可是他從來沒有忘記自己是個天使，堅持到最終，終於以天使的形貌離去。

變色龍的故事

一九九七年十月七日，西班牙的利納雷斯（Linares）警局，有觀光客報案，說是在路旁發現了一個男孩，躲在電話亭裡發抖，「似乎」不會說西班牙語，問他什麼他無法作答，看似精神受到重大打擊。

警察把這個男孩接到警局來。一開始，男孩神智昏亂，無法交代自己的身分，但是一夜過後，他精神恢復，告訴警方，他是美國人，家住德州聖安東尼奧（San Antonio, Texas），十三歲的時候被人誘拐，帶到了歐洲。他的名字是尼可拉斯・巴克雷（Nicholas Barclay）。現在已經十六歲了。

利納雷斯警方立刻聯繫美國相關單位，發現尼可拉斯・巴克雷確有其人。失蹤之後，他的家人沒有放棄希望，一直在找他。

知道了這個好消息，德州警方立刻通知巴克雷家，巴克雷一家欣喜若狂。這家裡就姊弟兩個孩子，雖然歲數差距甚大，感情非常好。知道尼可拉斯還活著，姊姊凱芮（Carey Gibson）立刻飛來西班牙接弟弟。但是沒想到弟弟知道姊姊要來，居然跑掉了。

如果警方沒有把這男孩找回來，就不會有《冒充者》（*The Imposter*）這部影片。《冒充者》是二〇一二年的紀錄片。獲得當年日舞影展以及英國獨立電影獎（British Independent Film Awards）等多個獎項。影片內容之離奇與不可思議，若非這位「冒充者」親自在影片裡現身說法，我想任何編劇寫出這樣的情節，一定都會被製作單位打槍。因為實在太詭異，而且完全違反常理。

主角人物名叫弗雷德瑞克・布爾丹（Frédéric Bourdin）。影片裡他已經三十多接近四十，看上去就是個老芋仔，實在是沒法想像當年二十三歲的他是如何冒充那個十六歲男孩的。

布爾丹是法國人，出身不明，據他自己說是很小就在街頭流浪，從來沒有享受過家庭的溫暖。身為街頭流浪兒，並且是資深的，他有非常多的生存之道，大約是外型限制，他沒法「從事」暴力活動，因之謀生的主要方式是詐騙。

大約從八歲起，他就在歐洲各國到處流浪。他會偷搭霸王火車，跟著越過邊界，被抓到的時候，就說自己迷路，跟家人散失了之類之類。因為是小孩子，多數警方都會帶他到收容所去，在那裡，他有吃有住，可以混到又想去「旅行」為止。這種「周遊列國」的經歷，使他略通外語。雖然不精，唬那些根本不會說外國話的人足足有餘。

凡事經常「練習」，就一定會成為專家。不論是學習或說謊。布爾丹冒充失蹤兒童多年，已經自有一套章法。到了新的地方，他會先打電話給警局，聲稱某處有流浪兒（沒錯，那個通知警方的遊客電話就是他打的）。之後警方派人來接的時候，先假裝驚慌神智不清，「無法」交代自己來歷。等到晚上警察下班，在警局過夜的時候，布爾丹就開始打國際長途電話，打到世界各地的警局去，詢問有沒有失蹤兒童。他聲稱自己是當地警察，把自己的形貌說給對方聽，問有沒有類似的孩童失蹤。多半都會矇到正好可以對上號的。於是他便有了個真實身分，雖然並不是他自己的。這次冒充尼可拉斯，他用的是一樣的方法。原本只想讓警察把他送到收容所去，沒想到美方（主要是ＦＢＩ）特有責任感，直接通知尼可拉斯的家人。現在眼看要露餡了。

布爾丹說實話也經過大風大浪，「騙」人無數。他外號「變色龍」。冒充過的對象，已知的有四十個，相信未被識破的更多。「他假扮過由富翁落魄成流浪漢的英國商人、口才奇佳的演講家、專門為老虎治病的術士……而最擅長的，還是父母雙亡或是被雙親拋棄的孤苦少年。」

見識過布爾丹的「才能」的人形容：「布爾丹的真實面目同他假扮的對象相去甚遠。他本人嗓音尖細，舉止也很成熟。但是能在轉瞬間把嗓音裝成男孩子變聲期的那種沙啞，舉止也可以在頃刻間變得像個小男孩。」他的某位「密友」說：「他天生就是個演員。」

一九九七年，在西班牙之所以沒法把尼可拉斯演下去，是因為看到了美國方面傳真過來的尼可拉斯本人照片。

「那是張清晰的彩色照片，我知道了真正的尼可拉斯的樣子。他是金髮，很顯眼的金髮，有雙藍眼睛，他完全不像我！一點也不像！」

布爾丹是黑髮褐眼。髮色不同好解決，但是眼睛要怎麼裝呢？當年是沒有變色隱形眼鏡這種東西的。布爾丹跑掉，不到半天就被熱心的西班牙警察找回來了。既然這樣，布爾丹認了命，他說：「上帝不想讓我離開這個地方。」雖然聽天由命，他還是要盡人事。布爾丹把自己的頭髮染成金色，照片上可以看到尼可拉斯手上有個十字刺青，他也在相同的部位搞了個刺青。至於眼睛問題，他採取「不與人視線接觸」的方式。當凱芮見到「弟弟」的時候，發現他穿了件附頭套的大衣，整個人縮在衣服裡，頭套拉得低低的，垂著眼，聲音微細，下半臉則埋在圍巾裡。

凱芮把「弟弟」接回家，全家人歡天喜地，因為失蹤的尼可拉斯回來了。家裡安排他上學，布爾丹開始做起中學生。因為經歷奇特，「流浪到歐洲」居然被找回來，他在當地成了名人，到處上電台上電視。巴克雷一家對於他眼睛從藍變褐完全不懷疑，但是布爾丹必須找個說法，其他人問起的時候，他說他被綁架到國外的某個傭兵軍營，和其他的男孩做這群傭兵的性奴，不但遭受種種迫害，並且還被在眼睛裡注射藥物，以致使他的眼睛變成現在這樣子。

家人不懷疑，但是ＦＢＩ懷疑起來了。主要是：居然有外國傭兵團綁架美國小孩，此事非同小可，必須查個水落石出。請布爾丹「協助」辦案的時候，發現他一問三不知，只是不斷的講述他被虐待的慘痛遭遇。說得越多破綻越多。ＦＢＩ這時把布爾丹的資料發到國際刑警總隊去，終於查出了他的真實身分。

到這個時候，布爾丹在巴克雷家已經住了快半年。這半年中間，他就像神功護體，所有不合常理之處都無人聞問。看到布爾丹到處上節目，並且夸夸而談，任何腦袋還算正常的人大概都會好奇他為什麼不低調行事；另外，難道整個聖安東尼奧的居民都是白癡或瞎子嗎？居然沒有任何人看出或疑心這件事的怪異之處。

但是，最最讓人跌破眼鏡的，是巴克雷一家的反應。

ＦＢＩ知道了布爾丹的真相之後，找他去談話。既然證據確鑿，布爾丹也就承認了。ＦＢＩ把國際刑警寄來的資料複印了一份寄給巴克雷一家，態度很明顯，是告知巴克雷家：這不是你家的小孩，是個騙子。但是準備動手抓人的時候，尼可拉斯的母親和姊姊出面了。她們說從來沒收到ＦＢＩ寄來的任何東西，而布爾丹就是尼可拉斯，是凱芮的弟弟，巴克雷家的小兒子。

巴克雷家攔阻ＦＢＩ抓人。ＦＢＩ想說服他們，巴克雷家完全不接受。據ＦＢＩ探員說，為證明布爾丹不是尼可拉斯，ＦＢＩ要求採取巴克雷媽媽的ＤＮＡ與布爾丹比對，巴克雷媽媽不肯給，並且在警方要強制執行的時候，在地上打滾哭鬧，堅決不願意提供。

這件事現在走到了很奇怪的方向。不僅是ＦＢＩ，布爾丹自己也開始懷疑了。他分明不是尼可拉斯，但是巴克雷家卻死命咬定他是，那萬一真的尼可拉斯回來了怎麼辦呢？

他很容易的得出了結論：巴克雷家知道尼可拉斯不可能回來。而唯一確認這件事的理由只有一個：尼可拉斯已經死了。如果尼可拉斯已經死了，巴克雷家卻聲稱他是失蹤，那麼，這個十三歲男孩的死顯然是需要隱藏和掩蓋的事。

尼可拉斯的舅舅（巴克雷媽媽的兄弟）是個毒蟲。布爾丹回想起，「回到」巴克雷家的時候，無論「姊姊」或「母親」，都歡天喜地。只有這位舅舅，一開始就很冷漠，雖然沒有明說，但顯然不信他是尼可拉斯。在巴克雷家半年餘，這位舅舅從來沒喊過他尼可拉斯，基本上當他不存在。他絕對知道內情。

這位舅舅成日混沌，並且有暴力傾向。布爾丹認為是他殺了尼可拉斯，可能在吸毒後神智不清，或者毒癮發作的時候。而巴克雷一家為親者諱，集體隱瞞了這件事。

讓這個想法更具說服力的是：巴克雷一家在尼可拉斯失蹤之後搬了家。如果還認定有一天孩子會回來，全家不是應該留在原地嗎？

這時候，這件事整個反過來了。布爾丹開始想逃離。他去向警方報案，控訴巴克雷家殺了尼可拉斯。警方找巴克雷家人來問話，全家都一口咬定沒有這回事。給巴克雷媽媽測謊，第一次和第二次都完全通過。警方不肯相信，做第三次測謊的時候，巴克雷媽媽沒通過，但是這反而驗證她前兩次的「通過」是正確的，因為巴克雷媽媽「每一題」都說謊。分明到連姓名，年齡，性別她都用

「騙」的，因此，全部說假的，證明她知道「真的」其實是什麼。

問案問不出苗頭，警方回頭盤查巴克雷家的舊居。買了他們房子的這家人，也說出了奇異的事，說家裡養的狗，不知道為什麼，老是去刨花園角落相同的一處地，並且某次還刨出了一小塊類似骨頭的東西。

警方派人來挖掘，「掘地三尺」，一無所獲，又把附近的地也全挖了一遍，同樣，什麼也沒找到。

事情發展到這個階段，巴克雷家終於改口，承認布爾丹不是尼可拉斯，並且痛悔自己一直沒認出來，被「騙」了這麼久。對於布爾丹的劣行，他們非常痛心和傷心。不，他們不認為尼可拉斯死了，他們還在等他回來。

到電影拍出來的二〇一二年，尼可拉斯仍舊在失蹤名單內，布爾丹寧願服刑也不願意跟巴克雷家人生活，所以已經入獄又出獄，並且還在三十一歲的時候假扮十五歲孤兒「成功」，在一家孤兒院裡混吃混住了一個多月。目前的布爾丹，靠著到處「演講」他的故事過活，並且表演他的「偽裝術」。

看了布爾丹的故事，深深感覺現代真是寶瓶世紀啊，任何乖訛的經歷都可以成為「職業」。美國許多殺人犯因為自己的重大罪案而「成名」，寫書並且上暢銷排行榜，並且拍成好萊塢電影。很慶幸中華民國還沒有這種「風氣」。至少我們對於殺人犯還是抱著敬鬼神而遠之的心態。我的某個「上師」曾經說過美國是「人類的實驗室」。美國人對於善與惡，光明與黑暗，現實與靈性，美德與背德；一切的神祕、新奇，不可思議和光怪陸離之事的胃口的確是大到匪夷所思，其包容力也幾近百無禁忌。就這個角度，美國這個國家的確是最「適合」成為實驗室的。

我在編劇課上把這個故事講給學生聽，詢問他們的看法。多數學員都認為巴克雷家八成是把尼可拉斯毀屍滅跡了，只是查不出證據。幾乎全體都同意「沒有人會那樣笨」，竟然把陌生人認成兒子。我承認，我一開始也跳不出這個思維，而會想美國人是不是弱智到一個程度啊。從電影裡看，布爾丹不但愚弄巴克雷一家，那些看電視聽廣播的也同樣被愚弄了。為什麼竟有人相信「注射藥物能改變眼睛顏色」呢？而且許多主持人還競相邀他上節目，那些主持人（和製作人和編審一干相關主其事者）難道都沒發現這件事有問題嗎？

我的大病是好奇心無限，什麼都想知道，越老越好奇（建議所有歲數上了五十的人都應該「效法」我，這會讓晚年生活非常有趣）。因為對這事太不解，又覺得或許是有其他答案的。所以幾乎碰到人我都會問一下看法。「求道」多時，終於聽到了一個迴然不同的意見。這人認為巴克雷家人應該沒殺尼可拉斯。而那許多奇狀異行，只是因為：「他們要相信。」

這家人失去了兒子，現在回來了一個兒子，某方面來說，是個奇蹟。一開始聽說兒子被找到的時候，他們就相信了，之後，儘管種種不符，他們仍然決定要相信，並且迴避所有會讓這個「相信」破滅的事。

從這個角度看，整體事件忽然完全合理，並且一點不乖訛了。巴克雷一家，尤其是那個母親，不過是在維護自己的「夢想」，努力不使之幻滅。想像那位做母親的，每天面對著這個假兒子，日復一日，供他吃供他喝供他上學，每時每刻騙自己說這個男人就是自己的寶貝兒子。好像自己相信得夠深夠久，就一定能夠美夢成真。

想到這個部分，簡直都要為她心痛起來。

《論語．子張篇》裡，孔子的弟子曾參說過這樣的話：「如得其情，則哀矜而勿喜。」所有的愚昧，背後都有一個不願面對的真相。有時候可笑的事並不那樣可笑，可惡的事，背後說不定有悲痛的故事。愛的扭曲，其最深處，往往不是黑暗祕密，而只是小小的脆弱的心。

這個故事其實也說明了謊言這件事的「成立」，真的不在於說謊的人，而在聽話的人。只要說對方願意相信的話，那就如何乖訛不合理，都有人會當真的。

想起一個長輩的故事。他年高八十，獨居，兒女因為太有出息，都在國外。接他去住他不願意，適應不了國外生活（不會講外語，朋友又不在身邊）。然而已經被詐騙集團騙了好幾次。每次只要有人打電話說他中了什麼獎，或要他買什麼參加什麼，他一律照辦，馬上去ＡＴＭ轉帳。

小孩子受不了啦，拜託我去跟他談談。原本以為得「教育」他一下，見面之後才發現老先生耳聰目明，完全明白自己在幹什麼。他知道那些是詐騙集團，可是對方打電話來的時候，會跟他聊半天，好聲好氣的，兼且溫言暖語，極其貼心，偶爾還甜言蜜語。他說：反正就騙一點錢。

人到了一定年紀，有時候會明白錢這玩意實在沒什麼了不起。對於老先生，至少他還在「用」錢。不能說花錢買點溫心暖語就不叫做「消費」。如果明白，甘願被騙也不算犯法，至少沒有騙自己。

國家圖書館出版品預行編目資料

看 / 袁瓊瓊作.-- 初版. -- 台北市 : 麥田出版 : 家庭傳媒城邦分公司發行, 2014.09
面； 公分. -- (麥田文學 ; 278)

ISBN 978-986-344-165-6(平裝)

855 103018650

麥田文學 278

看

作　　者　袁瓊瓊
責任編輯　賴雯琪　莊文松　吳惠貞
校　　對　吳美滿

副總編輯　林秀梅
編輯總監　劉麗真
總 經 理　陳逸瑛
發 行 人　涂玉雲

出　　版　麥田出版
城邦文化事業股份有限公司
104台北市中山區民生東路二段141號5樓
電話：（886）2-2500-7696 傳真：（886）2-2500-1966、2500-1967
E-mail：bwps.service@cite.com.tw
發　　行　英屬蓋曼群島商家庭傳媒股份有限公司城邦分公司
104台北市中山區民生東路二段141號2樓
書虫客服服務專線：(886)2-2500-7718；2500-7719
24小時傳真服務：(886)2-2500-1990；2500-1991
服務時間：週一至週五09:30-12:00；13:30-17:00
郵撥帳號：19863813　戶名：書虫股份有限公司
讀者服務信箱E-mail：service@readingclub.com.tw
歡迎光臨城邦讀書花園　網址：www.cite.com.tw
麥田部落格：http://blog.pixnet.net/ryefield

香港發行所　城邦（香港）出版集團有限公司
香港灣仔駱克道193號東超商業中心1樓
電話：(852)2508-6231　傳真：(852)2578-9337
E-mail：hkcite@biznetvigator.com

馬新發行所　城邦(馬新)出版集團【Cite(M)Sdn. Bhd】
41, Jalan Radin Anum, Bandar Baru Sri Petaling,
57000 Kuala Lumpur, Malaysia.
電話：(603)9057-8822　傳真：(603)9057-6622
E-mail:cite@cite.com.my

封面設計　許晉維
電腦排版　宸遠彩藝有限公司
印　　刷　前進彩藝有限公司

初版一刷　2014年9月　Printed in Taiwan

定價／340元

ISBN：978-986-344-165-6